Gertrude Stein
Melanctha

Noah's Bibliothek

Gertrude Stein
Melanctha

Erzählung

Arche

Aus dem Amerikanischen übersetzt
von Brigitte Gerlinghoff

Umschlag und Gestaltung: Q & V Team
Satz: KCS GmbH, Buchholz/Hamburg
Gesetzt aus der 12 p Stempel Garamond
Druck und Bindung: Friedrich Pustet, Regensburg
Printed in Germany
ISBN 3-7160-2207-1

Melanctha

Jede so gut sie kann

Rose Johnson tat sich mit der Geburt ihres Kindes sehr schwer.

Melanctha Herbert, die Rose Johnsons Freundin war, tat alles, was eine Frau nur tun konnte. Sie pflegte Rose, und sie war geduldig, ergeben, sie beruhigte sie und war unermüdlich, während die eigensinnige, kindische, feige, schwarze Rosie schimpfte und quengelte und brüllte und sich abscheulich benahm und sich aufführte wie ein wildes Tier.

Das Kind, obwohl gesund bei seiner Geburt, lebte nicht lange. Rose Johnson war gleichgültig und nachlässig und egoistisch, und als Melanctha für ein paar Tage fort mußte, starb das Baby. Rose Johnson hatte das Baby durchaus gern gehabt, und vielleicht hatte sie es nur für eine Weile vergessen, jedenfalls war das Kind tot, und Rose und Sam, ihr Mann, waren sehr betrübt, aber andererseits kamen solche Dinge in der Welt der Schwarzen von Bridgepoint so oft vor, daß keiner von beiden lange darüber nachdachte.

Rose Johnson und Melanctha Herbert waren schon seit einigen Jahren befreundet. Rose hatte vor kurzem Sam Johnson geheiratet, einen anständigen ehrlichen freundlichen Burschen, der Deckmatrose auf einem Küstendampfer war.

Melanctha Herbert war noch nie richtig verheiratet gewesen.

Rose Johnson war eine richtig dunkelhäutige, große, gutgewachsene, eigensinnige, dumme, kindliche, gutaussehende Schwarze. Sie lachte, wenn sie glücklich war, und schimpfte und grollte, wenn ihr irgend etwas in die Quere kam. Rose Johnson war eine richtig dunkelhäutige Schwarze, aber sie war von weißen Leuten aufgezogen worden wie ein eigenes Kind.

Rose lachte, wenn sie glücklich war, aber es war nicht das offene, selbstvergessene Lachen, das dem Negersonnenschein die warme tiefe Glut verleiht. Rose freute sich nie mit der urwüchsigen, unbändigen Freude der Schwarzen. Ihr Lachen war gewöhnlich, irgendein Frauenlachen.

Rose Johnson war gleichgültig und war träge, aber sie war von Weißen aufgezogen worden, und sie brauchte einen gewissen Komfort. Ihre weiße Erziehung hatte nur ihre Gewohnheiten geprägt, nicht ihr Wesen. Rose hatte die schlichte, von Promiskuität bestimmte Moral der Schwarzen.

Rose Johnson und Melanctha Herbert waren, wie das so oft bei Freundschaften zwischen zwei Frauen ist, ein merkwürdig ungleiches Paar.

Melanctha Herbert war eine anmutige, blaßgelbe, intelligente, anziehende Schwarze. Sie war nicht wie Rose von Weißen aufgezogen worden, aber dafür hatte sie zur Hälfte richtiges weißes Blut in sich.

Sie und Rose Johnson gehörten beide zu den besseren Schwarzen dort in Bridgepoint.

»Nein, ich bin keine gewöhnliche Niggerin«, sagte Rose Johnson, »denn ich wurde von weißen Leuten aufgezogen, und Melanctha die ist so gescheit und hat soviel in der Schule gelernt, die ist auch keine gewöhnliche Niggerin, auch wenn sie keinen Mann hat mit dem sie verheiratet ist so wie ich mit Sam Johnson.«

Warum liebte das zarte, intelligente, anziehende, halbweiße Mädchen Melanctha Herbert diese grobe, durchschnittliche, eigensinnige, gewöhnliche, schwarze kindische Rose und tat alles für sie und machte sich zu ihrer Dienerin, und warum war diese amoralische, leichtlebige, faule Rose verheiratet und, was auch nicht so alltäglich ist, mit einem guten Mann unter den Schwarzen, während Melanctha mit ihrem weißen Blut und ihrer Anziehungskraft und ihrer Sehnsucht nach einem rechten Platz noch nicht richtig verheiratet war.

Manchmal erfüllte der Gedanke daran, wie ihre ganze eigene Welt beschaffen war, die komplizierte, sehnsüchtige Melanctha mit Verzweiflung. Sie fragte sich oft, wie sie weiterleben sollte, wenn sie so traurig war.

Melanctha erzählte Rose eines Tages, wie eine

Frau, die sie gekannt hatte, sich umgebracht hatte, weil sie so traurig war. Melanctha sagte, manchmal dächte sie, das wäre auch für sie das Beste, was sie tun könnte.

Rose sah das nicht im geringsten so.

»Ich verstehe nicht Melanctha warum du so redest als würdest du dich umbringen nur weil du traurig bist. Ich würde mich nie umbringen Melanctha nur weil ich traurig bin. Ich würde vielleicht jemand anderen umbringen weil ich traurig bin, aber ich würde niemals mich selbst umbringen. Wenn ich mich je selbst umbringen sollte Melanctha dann wäre es ein Versehen, und wenn ich mich je durch ein Versehen umbringen sollte Melanctha täte mir das furchtbar leid.«

Rose Johnson und Melanctha Herbert waren sich zum erstenmal an einem Abend in der Kirche begegnet. Rose Johnson hatte nicht viel übrig für die Religion. Sie hatte nicht genug Gefühl, um sich von einer Erweckung erschüttern zu lassen. Melanctha Herbert wußte noch nicht recht, was sie mit der Religion anfangen sollte. Sie war noch zu sehr in Sehnsüchte verstrickt. Dennoch gingen die beiden nach Art der Schwarzen sehr oft in die Kirche der Schwarzen, zusammen mit allen ihren Freunden, und sie lernten sich nach und nach sehr gut kennen.

Rose Johnson war nicht als Dienstmädchen, sondern ganz wie ein eigenes Kind von den wei-

ßen Leuten aufgezogen worden. Ihre Mutter, die starb, als Rose noch ein Baby war, hatte eine Vertrauensstellung in der Familie gehabt. Rose war ein aufgewecktes, reizendes, hübsches kleines schwarzes Mädchen gewesen, und die Leute hatten keine eigenen Kinder, und so hatten sie Rose bei sich behalten.
Als Rose älter wurde, zog es sie von ihren weißen Leuten fort und zu den Farbigen zurück, und allmählich lebte sie nicht mehr in dem alten Haus. Dann ergab es sich, daß die Leute wegzogen in eine andere Stadt, und irgendwie blieb Rose in Bridgepoint zurück. Ihre weißen Leute hinterließen etwas Geld für Roses Unterhalt, und dieses Geld erhielt sie in regelmäßigen kurzen Abständen.
Rose lebte jetzt in der ungezwungenen Art der Armen bei einer Frau im Haus und ging dann ohne Grund weg und lebte bei einer anderen Frau im Haus. In dieser ganzen Zeit war Rose auch ständig mit anderen Leuten zusammen und war verlobt, erst mit diesem Farbigen und dann mit jenem, und immer wußte sie es einzurichten, daß sie verlobt war, denn Rose hatte einen ausgeprägten Sinn für das was sich gehört. »Nein, ich bin nicht so eine gewöhnliche Niggerin die gleich mit jedem Mann geht, und du Melanctha solltest das auch nicht«, sagte sie eines Tages, als sie der komplizierten und weni-

ger sicheren Melanctha erklärte, wie sie es richtig machen sollte. »Nein Melanctha, ich bin nicht so eine gewöhnliche Niggerin die so was tut, denn ich bin von weißen Leuten aufgezogen worden. Du weißt doch genau Melanctha daß ich immer mit ihnen verlobt war.« Und so lebte Rose dahin, immer bequem und ganz ordentlich und sehr träge und sehr zufrieden.

Nachdem sie eine Zeitlang so gelebt hatte, dachte Rose, es wäre schön und gut in ihrer Lage, sich richtig zu verheiraten, wie es sich gehört. Sie hatte vor kurzem Sam Johnson irgendwo kennengelernt, und er gefiel ihr, und sie wußte, er war ein guter Mann, und außerdem hatte er eine Stelle, wo er jeden Tag arbeitete und guten Lohn bekam. Sam Johnson mochte Rose sehr gern, und er war wirklich bereit zu heiraten. Eines Tages feierten sie eine richtige großartige Hochzeit und waren verheiratet. Dann richteten sie sich mit Hilfe von Melanctha Herbert, die das Nähen und die feineren Arbeiten besorgte, behaglich in einem kleinen roten Backsteinhaus ein. Sam ging dann zurück zu seiner Arbeit als Deckmatrose auf einem Küstendampfer, und Rose blieb daheim in ihrem Haus und saß da und prahlte vor allen Freundinnen, wie schön es sei, richtig mit einem Ehemann verheiratet zu sein.

Das ganze Jahr verlief sehr angenehm für sie.

Rose war träge, aber nicht schmutzig, und Sam war ordentlich, aber nicht kleinlich, und dann kam ja auch Melanctha jeden Tag und half, alles sauber zu halten.

Als Roses Baby geboren werden sollte, siedelte Rose in das Haus über, in dem Melanctha damals gerade wohnte, bei einer dicken gutmütigen farbigen Frau, die für andere Leute wusch. Rose zog dorthin, damit ihr der Arzt aus dem nahen Krankenhaus bei der Geburt ihres Kindes helfen könne, und dann konnte Melanctha ihr auch beistehen, solange sie bettlägerig war. Hier wurde das Baby geboren, und hier starb es, und dann ging Rose wieder in ihr Haus zurück zu Sam.

Melanctha Herbert hatte sich ihr Leben nicht so einfach gemacht wie Rose Johnson. Melanctha war es nicht leichtgefallen, ihre Wünsche mit dem, was sie besaß, in Einklang zu bringen.

Melanctha Herbert verlor immer das, was sie besaß, indem sie sich alles wünschte, was sie sah. Melanctha wurde immer verlassen, wenn sie die anderen nicht verließ.

Melanctha Herbert liebte immer zu stark und viel zu oft. Sie war immer erfüllt von Geheimnissen und zarten Regungen und Verweigerungen und vagem Mißtrauen und komplizierten Enttäuschungen. Manchmal konnte Melanctha spontan und impulsiv und grenzenlos vertrauen, und dann wieder konnte sie leiden und stark sein und ihre Gefühle verdrängen.

Melanctha suchte immer nach Ruhe und Frieden, und immer fand sie nur neue Gelegenheiten, in Bedrängnis zu geraten.

Melanctha fragte sich oft, wie es kam, daß sie sich nicht umbrachte, wenn sie so traurig war. Oft dachte sie, das wäre wirklich das Beste für sie.

Melanctha Herbert war von ihrer Mutter zur Frömmigkeit erzogen worden. Melanctha hatte ihre Mutter nicht sehr gemocht. Diese Mutter, »Mis« Herbert, wie ihre Nachbarn sie nannten, war eine anmutig wirkende und achtbare und freundliche, blaßgelbe, farbige Frau gewesen. »Mis« Herbert war immer ein wenig unstet und geheimnisvoll und unbestimmt gewesen in ihrer Art.

Melanctha war blaßgelb und geheimnisvoll wie ihre Mutter und hatte auch etwas von deren Freundlichkeit, aber die eigentliche Kraft ihrer Natur kam von ihrem derben und unfreundlichen und ganz unerträglichen schwarzen Vater.

Melancthas Vater kam immer nur gelegentlich dahin, wo Melanctha und ihre Mutter lebten.

Seit vielen Jahren hatte Melanctha jetzt schon nichts mehr von ihrem Vater gehört oder gesehen oder erfahren.

Melanctha Herbert haßte ihren schwarzen Vater

fast nur, aber sie liebte sehr wohl die Kraft in sich, die von ihm kam. Und so waren ihre Gefühle eigentlich enger mit ihrem schwarzen groben Vater verbunden, als sie je mit ihrer blaßgelben, anmutig wirkenden Mutter verbunden gewesen waren. Was sie von ihrer Mutter in sich hatte, nötigte ihr keinerlei Respekt ab.

Melanctha Herbert hatte sich als Kind nicht gemocht. Die Erinnerung an ihre ganze Jugend war bitter.

Melanctha hatte ihren Vater und ihre Mutter nicht geliebt, und beide hatten es sehr lästig gefunden, sie zu haben.

Melancthas Eltern waren verheiratet gewesen, wie es sich gehört. Melancthas Vater war ein großer dunkelhäutiger sehr männlicher Schwarzer. Er kam nur gelegentlich dahin, wo Melanctha und ihre Mutter lebten, aber immer war diese freundliche, anmutig wirkende, blaßgelbe, in ihrer Art geheimnisvolle und unbestimmte und unstete Frau mit ihrem großen schwarzen sehr männlichen Ehemann in ihrer Zuneigung und in ihren Gedanken verbunden.

James Herbert war ein gewöhnlicher, ganz anständiger, farbiger Arbeiter, grob und brutal gegen seine einzige Tochter, aber andererseits war sie ein Kind, mit dem man kaum fertig wurde.

Die heranwachsende Melanctha liebte ihren Vater und ihre Mutter nicht, und sie hatte einen halsbrecherischen Mut und manchmal ein sehr freches Mundwerk. Außerdem ging Melanctha auch zur Schule und war sehr schnell im Lernen, und sie wußte ganz genau, wie sie mit diesem Wissen ihre Eltern, die selbst nichts wußten, ärgern konnte.

Melanctha Herbert hatte immer einen halsbrecherischen Mut gehabt. Melanctha hielt sich immer gern bei Pferden auf; sie tat gern wilde Dinge wie Pferde reiten, sie zureiten und zähmen.

Melanctha hatte, als sie ein kleines Mädchen war, das Glück gehabt, mit Pferden zu leben. In der Nähe, wo Melanctha und ihre Mutter wohnten, war der Pferdestall der Bishops, einer reichen Familie, die immer schöne Pferde hatte. John, der Kutscher der Bishops, mochte Melanctha sehr gern, und er ließ sie mit den Pferden immer alles machen, was sie wollte. John war ein netter, kräftiger Mulatte mit einem stattlichen Haus und Frau und Kindern. Melanctha war älter als seine Kinder. Sie war nun ein gutgewachsenes Mädchen von zwölf Jahren und fing gerade an, eine Frau zu werden.

James Herbert, Melancthas Vater, kannte diesen John, den Kutscher der Bishops, sehr gut.

Eines Tages kam James Herbert wieder dahin, wo seine Frau und seine Tochter lebten, und er war sehr aufgebracht.

»Wo ist diese Melanctha, deine Tochter«, sagte er wütend, »wenn sie wieder in Bishops Stall ist, bei diesem Mann, diesem John, dann bringe ich sie um, das schwöre ich. Warum paßt du nicht besser auf das Mädchen auf du, du bist doch ihre Mutter.«

James Herbert war ein kraftvoller, geschmeidiger, dunkelhäutiger finsterer Schwarzer mit harten Händen. Herbert war noch nie ein fröhlicher Schwarzer gewesen. Selbst wenn er mit anderen Männern trank, und er tat das sehr oft, war er nie wirklich fröhlich. Auch in der Zeit, in der er noch sehr jung und frei und zugänglich gewesen war, hatte er nie das offene selbstvergessene Lachen gehabt, das dem Negersonnenschein die tiefe Glut verleiht.

Seine Tochter, Melanctha Herbert, hatte später immer ein hartes gezwungenes Lachen. Sie war nur stark und liebenswert und ihrem Wesen treu, wenn sie wirklich tief in Bedrängnis war, wenn sie mit ganzer Kraft so kämpfte, daß sie ihr Lachen nicht gebrauchen konnte. Das war die Wahrheit über die arme Melanctha, die sich so sicher war, daß sie Schwierigkeiten haßte. Melanctha Herbert suchte immer Ruhe und Frieden und fand doch immer nur neue Gelegenheiten, in Erregung zu geraten.

James Herbert war oft ein sehr zorniger Schwarzer. Er war schroff und ernst, und er war überzeugt, daß er oft guten Grund hatte, mit Melanctha zu zürnen, die es so gut verstand, boshaft zu sein und ihre Kenntnisse gegen einen Vater einzusetzen, der nichts wußte.

James Herbert trank oft mit John, dem Kutscher der Bishops. John versuchte manchmal in seiner Gutmütigkeit, Herberts Gefühle gegen Melanctha zu besänftigen. Nicht, daß sich Melanctha John gegenüber jemals über ihr Leben zu Hause oder ihren Vater beklagt hätte. Es war noch nie Melancthas Art gewesen, selbst in der größten Bedrängnis nicht, sich bei irgend jemandem über das zu beklagen, was ihr widerfahren war, aber trotzdem, irgendwie wußte jeder, der Melanctha kannte, wie sehr sie litt. Nur wenn man Melanctha wirklich liebte, hatte man so viel Verständnis, ihr zu verzeihen, daß sie sich nicht ein einziges Mal beklagte oder unglücklich aussah und immer hübsch und gut gelaunt war und man doch immer wußte, wie sehr sie litt.

Der Vater, James Herbert, sprach auch nie über seine Sorgen, und er war so schroff und ernst, daß keiner je auf den Gedanken kam, ihn zu fragen.

»Mis« Herbert, wie ihre Nachbarn sie nannten, hatte man noch nie auch nur über ihren Mann oder ihre Tochter sprechen hören. Sie war immer freundlich, eine anmutige Erscheinung,

geheimnisvoll und unbestimmt und ein wenig unstet in ihrer Art.
Die Herberts waren eine Familie, die sich über ihre Sorgen ausschwieg, aber irgendwie wußte immer jeder, der sie kannte, über alles Bescheid, was bei ihnen vor sich ging.
Eines Tages, als Herbert und der Kutscher John abends zusammen trinken wollten, kam Melanctha am Morgen fröhlich und in allerbester Laune zum Pferdestall. Ihr guter Freund John spürte an diesem Morgen sehr deutlich, wie gut und liebenswert sie war und wie sehr sie litt.
John war ein sehr anständiger farbiger Kutscher. Wenn er an Melanctha dachte, dann war es so, als wenn sie das älteste seiner Kinder wäre. Aber eigentlich spürte er sehr stark die Macht einer Frau bei ihr. Johns Frau mochte Melanctha, und sie tat immer alles, was sie konnte, um alles schön zu machen. Und Melanctha liebte und verehrte ihr ganzes Leben lang freundliche und gute und rücksichtsvolle Menschen. Melanctha liebte und wollte immer Frieden und Sanftheit und Güte, und ihr ganzes Leben lang fand die arme Melanctha für sich nur immer wieder neue Gelegenheiten, in Bedrängnis zu geraten.
An diesem Abend, nachdem John und Herbert eine Weile zusammen getrunken hatten, fing der gute John damit an, dem Vater zu erklären, was er für ein feines Mädchen zur Tochter habe.

Vielleicht hatte der gute John ziemlich viel Alkohol getrunken, vielleicht klang da in der Art, wie John von Melanctha sprach, ein weicherer Ton an, mehr als das Gefühl eines väterlichen Freundes. Man hatte ziemlich viel getrunken, und John hatte an jenem Morgen sicher sehr stark Melancthas Macht als Frau gespürt. James Herbert war ein schroffer, mißtrauischer, ernster Schwarzer, und das Trinken machte ihn keineswegs zugänglicher. Er sah sehr schwarz und böse aus, wie er da saß und zuhörte, während John immer mehr in Bewunderung geriet, als er halb zu sich selbst, halb zu dem Vater von Melancthas Tugenden und ihrem Liebreiz sprach.

Plötzlich entstand ein Augenblick zwischen ihnen, der voll war von starken schwarzen Flüchen, und dann blitzten in den schwarzen Händen scharfe Rasiermesser auf, die sie nach Art der Schwarzen weit nach hinten gezückt hielten, und dann gab es ein minutenlanges wildes Dreinhauen.

John war ein anständiger, freundlicher, gutmütiger, hellbrauner Schwarzer, aber er wußte, wie man jemandem mit dem Rasiermesser blutige Schnitte versetzt.

Als die beiden Männer von den anderen Schwarzen, die in demselben Raum saßen und tranken, auseinandergerissen wurden, war John nicht sehr verwundet, aber James Herbert hatte einen ganz schönen Schnitt, der von seiner rechten Schulter vorn über den ganzen Körper lief. Kämpfe mit dem Rasiermesser verwunden nicht besonders tief, aber sie verursachen Schnittwunden, die übel aussehen, weil sie so stark bluten.

Herbert wurde von den anderen Schwarzen gehalten, bis er gewaschen und verbunden war, und dann wurde er zu Bett gebracht, um seinen Rausch und Streit auszuschlafen.

Am nächsten Tag kam er dahin, wo seine Frau und Tochter lebten, und er war wütend.

»Wo ist dieses Mädchen, deine Melanctha?« sagte er, sobald er seine Frau sah. »Wenn sie jetzt in Bishops Stall ist bei diesem feigen John, ich schwöre, ich bringe sie um. Ein feines Benehmen hat sie für eine anständige Tochter. Warum paßt du nicht besser auf das Mädchen auf du, bist du nicht schließlich ihre Mutter!«

Melanctha Herbert war immer frühreif gewesen in ihrer ganzen Art, und sie verstand sich sehr früh darauf, ihre Macht als Frau einzusetzen, und doch wußte Melanctha bei all ihrem angeborenen tiefen Wissen eigentlich gar nicht, was böse ist. Melanctha hatte noch gar nicht verstanden, was sie bedeuteten, diese Dinge, von denen sie so oft in ihrer Umgebung hörte und die gerade anfingen, sich mächtig in ihr zu regen.

Als ihr Vater sich jetzt wild auf sie stürzte, wußte sie nicht wirklich, was er da so wütend von ihr erzwingen wollte. Mit allen Mitteln, die ihm in seinem Zorn einfielen, versuchte er, sie dazu zu bringen, etwas zu sagen, was sie nicht wirklich wußte. Sie hielt durch und gab ihm nicht eine Antwort auf seine Fragen, denn Melanctha hatte einen halsbrecherischen Mut, und gerade damals haßte sie ihren schwarzen Vater furchtbar.

Als die ganze Aufregung vorüber war, begann Melanctha ihre Macht zu begreifen, die Macht, deren Drängen sie so oft in sich gespürt hatte und die sie, das wußte sie jetzt, nutzen konnte, um stärker zu werden.

James Herbert gewann diesen Kampf mit seiner Tochter nicht. Nach einer Weile vergaß er ihn, wie er auch John bald vergaß und den Schnitt seines scharfen Messers.

Melanctha vergaß fast den Haß auf ihren Vater, so stark war ihr Interesse an der Macht, die sie, das wußte sie jetzt, in sich hatte.

Melanctha lag nicht mehr viel daran, John oder seine Frau zu besuchen, nicht einmal die schönen Pferde. Dieses Leben war ihr zu ruhig und zu sehr zur Gewohnheit geworden und weckte bei ihr keinerlei Interesse oder Erregung mehr.

Melanctha wurde jetzt wirklich zur Frau. Sie war bereit, und sie begann auf den Straßen und in dunklen Ecken nach Männern zu suchen, um deren Wesen und verschiedene Arbeitsweisen kennenzulernen.

In den nächsten Jahren lernte Melanctha viele Wege kennen, die zur Erkenntnis führen. Sie lernte die Wege kennen, und undeutlich sah sie in der Ferne die Erkenntnis. Diese Jahre des Lernens führten Melanctha geradewegs in Bedrängnis, obwohl Melanctha in diesen Jahren nie etwas wirklich Unrechtes tat oder tun wollte.

Mädchen, die umsorgt und behütet aufwachsen, finden immer mal Gelegenheiten, in die Welt zu entfliehen, wo sie vielleicht die Wege kennenlernen, die zur Erkenntnis führen. Für ein Mädchen, das wie Melanctha Herbert aufgezogen wurde, war eine solche Flucht jederzeit sehr einfach. Oft war sie allein, manchmal war sie mit einer Gefährtin auf der Suche, und sie stand herum und trieb sich herum, manchmal an Bahnhöfen, manchmal auf den Hafendocks oder in der Nähe von Baustellen, wo viele Männer arbeiteten. Wenn dann die Dunkelheit alles einhüllte, lernte sie bald diesen, bald jenen Mann kennen. Sie ging auf sie zu, die Männer reagierten, und dann zog sie sich ein wenig zurück, unschlüssig, und immer wußte sie nicht, was sie da eigentlich festhielt. Manchmal lief sie fast zu ihnen über, und dann hemmte ihre innere

Stärke, die aus ihrer Unerfahrenheit kam, den Durchschnittsmann in seinem Drängen. Es war eine seltsame Erfahrung von Unwissenheit und Macht und Verlangen. Melanctha wußte nicht, was es war, wonach es sie so sehr verlangte. Sie hatte Angst, und doch verstand sie nicht, daß sie hier richtig feige war.

Aus Jungen hatte sich Melanctha nie viel gemacht. Sie waren ihr immer zu jung gewesen. Melanctha hatte großen Respekt vor erfolgreicher Macht in jeder Form. Das band Melanctha in ihrem Empfinden immer schon mehr an ihren sehr männlichen und unerträglichen schwarzen Vater, als sie je in ihrem Empfinden an ihre blaßgelbe, anmutig wirkende Mutter gebunden war. Was sie von ihrer Mutter in sich hatte, nötigte ihr keinerlei Respekt ab.

In dieser Zeit ihrer Jugend war Melanctha davon überzeugt, daß nur Männer alles besaßen, was es an Wissen und Macht gab. Diese Macht wirklich verstehen lernte Melanctha jedoch nicht von Männern.

In der Zeit zwischen ihrem zwölften und ihrem sechzehnten Lebensjahr streifte Melanctha umher, immer auf der Suche nach der Erkenntnis, die sie aber immer nur sehr undeutlich wahrnehmen konnte. In dieser ganzen Zeit setzte Melanctha ihr schulisches Lernen fort; sie ging viel länger zur Schule als die meisten farbigen Kinder.

Melanctha mußte ihre Streifzüge auf der Suche nach Erkenntnis immer heimlich und hastig machen, denn ihre Mutter lebte damals noch, und »Mis« Herbert paßte immer etwas auf, und Melanctha fürchtete, so mutig sie auch war, daß vieles ihrem Vater zugetragen würde, der jetzt recht oft dahin kam, wo Melanctha mit ihrer Mutter lebte.

In jenen Tagen sprach und stand und ging Melanctha mit vielen verschiedenen Männern, aber sie lernte keinen von ihnen näher kennen. Sie nahmen alle an, daß sie das Leben kenne und Erfahrung habe. Da sie in dem Glauben waren, sie wüßte alles, erzählten sie ihr nichts, und weil sie dachten, daß sie entscheiden würde, verlangten sie nichts, und so war Melanctha, obwohl sie weit umherstreifte, im Grunde sehr sicher auf all diesen Streifzügen.

Es war eine ganz wunderbare Erfahrung, diese Sicherheit Melancthas in diesen Tagen ihrer Lernversuche. Melanctha selbst empfand das Wunderbare nicht, sie wußte nur, daß das alles nicht wirklich von Bedeutung für sie war.

Melanctha hatte ihr Leben lang ein sehr feines Gespür für wirkliche Erfahrung. Sie wußte, sie bekam nicht, wonach es sie so sehr verlangte, aber bei all ihrem halsbrecherischen Mut war Melanctha hier feige, und so konnte sie nicht wirklich verstehen lernen.

Melanctha liebte es, umherzustreifen und am Bahnhof zu stehen und die Männer zu beobachten und die Lokomotiven und die Weichen und alles, was da so geschäftig an der Arbeit war. Bahnhöfe sind von unendlicher Faszination. Sie geben den unterschiedlichsten Naturen Befriedigung. Für den trägen Menschen, dessen Blut sehr langsam fließt, sind sie eine gleichmäßige beruhigende Welt der Bewegung, die ihm das Bewußtsein einer starken treibenden Kraft gibt. Er braucht nicht zu arbeiten und doch hat er zutiefst daran teil; er hat sogar noch mehr davon als der Mann, der in ihr arbeitet oder sie besitzt. Und für Naturen, die Gemütsbewegungen lieben, ohne leiden zu müssen, ist es sehr angenehm, die Beklemmung im Hals zu spüren, und die Fülle, und das Herzklopfen, und die ganze flatternde Erregung, wenn man die Leute beobachtet, wie sie kommen und gehen, und die Lokomotive hört, wie sie stampft und ihren langgezogenen Pfeifton ausstößt. Für ein Kind, das durch ein Loch im Zaun hinunterspäht auf den Bahnhof, ist er eine Wunderwelt aus Geheimnissen und Bewegung. Das Kind liebt all den Lärm, und dann liebt es das Schweigen des Windes, das eintritt vor dem vollen Heranbrausen des stampfenden Zuges, der aus dem Tunnel bricht, wo er sich selbst und seinen ganzen Lärm im Dunkel verloren hatte, und das

Kind liebt all den Rauch, der manchmal in Ringen kommt und immer Feuer und blaue Farbe spuckt.
Für Melanctha war der Bahnhof voll von der erregenden Gegenwart vieler Männer und vielleicht einer freien und schwindelerregenden Zukunft.
Melanctha kam sehr oft hierher und beobachtete die Männer und alles, was da so geschäftig an der Arbeit war. Die Männer hatten immer Zeit für ein »Hallo, Kleine, willst du auf meiner Lokomotive sitzen«, und »Hallo, ist das aber ein hübsches gelbes Mädchen, willst du nicht raufkommen und sehen, wie es kocht«.
Alle farbigen Zugschaffner hatten Melanctha gern. Sie erzählten ihr oft aufregende Dinge, die passiert waren; wie sie im Westen durch lange Tunnel gefahren waren, wo keine Luft zum Atmen war, und dann hinaus und in Windungen an den Rändern großer Bergschluchten entlang auf schmalen hohen gebrechlichen Brückengestellen, und manchmal stürzten Wagen und manchmal ganze Züge von den schmalen Brücken, und immer sahen aus den dunklen Tiefen der Tod und alle möglichen sonderbaren Teufel herauf und lachten ihnen ins Gesicht. Und dann erzählten sie, wie sich manchmal, wenn der Zug steile glitschige Berge hinunterstampfte, Felsblöcke lösten und von allen Seiten

herunterrollten und manchmal auf den Wagen prallten und Menschen töteten; und wenn die Schaffner diese Geschichten erzählten, wurden ihre runden, schwarzen, glänzenden Gesichter feierlich, und ihre Haut wurde grau unter dem öligen Schwarz, und ihre Augen rollten weiß vor Angst und Staunen über die Dinge, die ihnen noch durch die eigene Erzählung einen Schrecken einjagen konnten.

Da war einer, ein großer, ernster, melancholischer hellbrauner Schaffner, der Melanctha oft Geschichten erzählte, denn ihm gefiel die Art, wie sie zuhörte, ihre kluge und einfühlsame Art, wenn er erzählte, wie die weißen Männer im fernen Süden versucht hatten, ihn umzubringen, weil er einen von ihnen, der betrunken war und ihn einen verdammten Nigger genannt hatte und der sich geweigert hatte, seinen Platz bei einem Nigger zu bezahlen, gezwungen hatte, zwischen den Stationen auszusteigen. Und dann mußte der Schaffner seine Fahrten in diesen Teil des Südens aufgeben, denn alle weißen Männer dort hatten geschworen, wenn er noch einmal wiederkäme, würden sie ihn umbringen.

Melanctha hatte diesen ernsten, melancholischen hellbraunen Schwarzen sehr gern, und ihr ganzes Leben lang wünschte und verehrte Melanctha Sanftheit und Güte, und dieser Mann hatte immer einen guten Rat und echte Freundlichkeit für sie, und Melanctha empfand solche Dinge sehr tief, aber das konnte ihr nicht helfen oder sie dazu bewegen, ihr Verhalten zu ändern, das sie immer wieder in Schwierigkeiten brachte.

Melanctha verbrachte häufig die letzten Stunden des Tages bei den Zugschaffnern und bei anderen Männern, die schwer arbeiteten, aber wenn die Dunkelheit kam, war es immer anders. Dann gesellte sich Melanctha zu den in ihren Augen gebildeten Schichten. Ein Büroangestellter oder ein Vertreter machten dann ihre Bekanntschaft, und sie standen beisammen oder gingen vielleicht auch ein paar Schritte miteinander.

Melanctha entschloß sich immer wieder zur Flucht, aber oft mit einiger Überwindung. Sie wußte nicht, was es war, wonach es sie so sehr verlangte, aber bei all ihrem Mut war Melanctha hier feige, und so konnte sie nicht lernen, zu verstehen.

So stand Melanctha abends mit irgendeinem Mann zusammen und unterhielt sich mit ihm. Manchmal hatte Melanctha noch ein anderes Mädchen bei sich, und dann war es viel leichter, zu bleiben oder zu entfliehen, denn dann konnten sie sich gegenseitig den Weg offenhalten und mit ihrem Reden und Lachen hin und her einen Mann daran hindern, allzu aufdringlich zu werden.

Aber wenn Melanctha allein war, und das war sie sehr oft, war sie manchmal sehr nahe daran, auf dem Weg zur Erkenntnis einen großen Schritt nach vorn zu tun. Mancher Mann erfuhr in der Unterhaltung ziemlich viel über sie, aber nie die ganze Wahrheit, denn Melanctha vermochte es ihr ganzes Leben lang nicht, eine Geschichte ganz zu erzählen. Sie schaffte es immer wieder, und nicht einmal absichtlich, große Stücke auszulassen, die einer Geschichte eine ganz andere Wendung geben, denn wenn es darum ging, was geschehen war und was sie gesagt hatte und was sie denn nun wirklich getan hatte, konnte sich Melanctha nie richtig erinnern. Der Mann kam ihr manchmal ein wenig näher, hielt sie zurück, faßte sie am Arm oder machte seine Scherze etwas eindeutiger, und dann ergriff Melanctha immer die Flucht. Der Mann, der annahm, sie habe wirklich Lebenserfahrung, machte seine Absicht nicht deutlich, und weil er glaubte, sie würde entscheiden, handelte er nie so schnell, daß er sie hätte aufhalten können, wenn sie schließlich die Flucht ergriff.

Und so wanderte Melanctha am Rand der Erkenntnis dahin. »Sag mal, Kleine, warum bleibst du nicht ein bißchen länger, wenn du schon hierher kommst?« fragten sie sie, und sie hielten sie fest, um eine Antwort zu bekommen, und sie lachte, und manchmal blieb sie tatsächlich länger, aber immer ergriff sie noch rechtzeitig die Flucht.

Melanctha Herbert wollte sehr gern Bescheid wissen, und doch fürchtete sie das Wissen. Als sie älter wurde, blieb sie oft eine ganze Weile länger, und manchmal endete der Kampf fast unentschieden, aber sie ergriff immer wieder die Flucht.

Neben dem Bahnhof liebte Melanctha bei ihren Streifzügen am meisten die Hafendocks. Oft war sie allein, manchmal war sie mit einem schwarzen Mädchen der besseren Schicht zusammen, und sie stand immer lange da und sah den Männern beim Löschen der Ladung zu und beobachtete, wie die Dampfer die Kohle luden, und sie lauschte mit viel Gefühl dem Lamentieren der Schwarzen, die lässig und tänzerisch umherliefen und mit ihren kräftigen geschmeidigen Körpern und ihren kindischen wilden Schreien die großen Lasten von den Schiffen zu den Lagerhäusern schoben und schleppten und zogen.

Die Männer riefen: »Hör mal, Kleine, paß auf oder wir kommen und holen dich«, oder »He, du da, du gelbes Mädchen, komm her, wir wollen dich mit auf See nehmen«. Und dann lernte Melanctha auch einige von den ernsten ausländischen Matrosen kennen, die ihr von allen möglichen Wundern erzählten, und ein Koch nahm sie und ihre Freundinnen manchmal mit auf ein Schiff und zeigte ihnen, wo er die Mahlzeiten zubereitete und wo die Männer schliefen und wo die Werkstätten waren und wie sie alles selbst machten da an Bord.

Melanctha kam gern an diese dunklen Orte mit den vielen Gerüchen. Es gefiel ihr immer wieder, Männer, die schwer arbeiteten, zu beobachten und mit ihnen zu reden und ihnen zuzuhören. Aber nie versuchte Melanctha, von diesen rauhen Menschen die Wege zu erfahren, die zur Erkenntnis führen. Bei Tageslicht unterhielt sich Melanctha immer gern mit rauhen Männern und hörte gern etwas über ihr Leben und ihre Arbeit und wie sie alles machten, aber wenn die Dunkelheit alles zudeckte, gesellte sich Melanctha zu einem Büroangestellten oder einem jungen Reedereivertreter, der sie auf ihren Beobachtungsgängen gesehen hatte, stand und redete mit ihnen, und auf diese Weise versuchte sie verstehen zu lernen.

Und dann fand Melanctha Vergnügen daran, Männer auf Baustellen zu beobachten. Sie sah gern, wie sie den Kran hochzogen, wie sie schaufelten, sägten und Steine frästen. Auch hier lernte sie bei Tage immer nur einfache Arbeiter kennen. »He, Kleine, paß auf, daß dir der Stein da nicht auf den Kopf fällt und dich in lauter Stücke schlägt. Meinst du, aus dir könnte ein schönes Mus werden?« Und dann lachten sie alle und fanden ihre Scherze sehr witzig. Und: »Sag mal, du schönes gelbes Mädchen, hättest du große Angst, hier ganz oben zu stehen, wo ich bin? Sieh mal zu, ob du Schneid hast, und komm hier herauf, da kann ich dich halten. Du brauchst nichts weiter zu machen als ruhig auf dem Stein da zu sitzen, den sie gerade hochziehen, und dann, wenn du hier bist, halte ich dich fest, hab doch keine Angst, Kleine.«

Manchmal tat Melanctha so gefährliche Dinge, und immer bei solchen Männern zeigte sie ihre Macht und ihren halsbrecherischen Mut. Einmal rutschte sie aus und fiel von einem hohen Gerüst. Ein Arbeiter fing sie auf, und so kam sie nicht ums Leben, aber ihr linker Arm war schlimm gebrochen.

Die Männer versammelten sich alle um sie. Sie bewunderten ihre Kühnheit und wie tapfer sie ihre Schmerzen ertrug, als ihr Arm gebrochen war. Sie begleiteten sie alle mit großem Respekt zum Arzt, und dann brachten sie sie im Triumph nach Hause und prahlten alle damit, daß sie nicht jammerte.

James Herbert war an dem Tag zu Hause, dort, wo seine Frau lebte. Er war wütend, als er die Arbeiter und Melanctha sah. Er trieb die Männer mit Flüchen fort, so daß sie alle fast in eine

Prügelei gerieten, und er wollte keinen Arzt zu Melanctha lassen. »Warum paßt du nicht besser auf das Mädchen auf, du, du bist schließlich ihre Mutter.«
James Herbert focht keinen Streit mehr mit seiner Tochter aus. Er fürchtete ihre Zunge und ihr Schulwissen und die Art, wie sie Dinge sagte, die für einen brutalen schwarzen Mann, der nichts wußte, sehr gemein waren. Und Melanctha haßte ihn gerade damals, als sie Schmerzen hatte, ganz besonders.
So lebte Melanctha die vier Jahre, in denen sie anfing, zur Frau zu werden. Und Melanctha erlebte viel, aber sie wußte sehr gut, daß nichts sie auf den richtigen Weg gebracht hatte, jenen bestimmten Weg, der sie zur Lebenserfahrung führen sollte.
Melanctha Herbert war sechzehn, als sie Jane Harden kennenlernte. Jane war eine Schwarze, aber sie war so weiß, daß das kaum einer vermutet hätte. Jane hatte eine ziemlich lange Ausbildung hinter sich. Sie war zwei Jahre an einem College für Farbige gewesen. Sie hatte es wegen schlechter Führung verlassen müssen. Sie lehrte Melanctha vieles. Sie lehrte sie die Wege zu gehen, die zur Erkenntnis führen.
Jane Harden war zu dieser Zeit dreiundzwanzig Jahre alt, und sie hatte viel Erfahrung. Sie fühlte sich sehr von Melanctha angezogen, und

Melanctha war sehr stolz darauf, daß diese Jane ihr erlaubte, sie näher kennenzulernen.
Jane Harden hatte keine Angst, zu verstehen. Melanctha, die ein sicheres Gespür für wirkliche Erfahrung hatte, wußte, daß hier eine Frau war, die gelernt hatte, zu verstehen.
Jane Harden hatte viele schlechte Gewohnheiten. Sie trank ziemlich viel, und sie trieb sich ausgiebig herum. Und doch war sie mittlerweile, wenn sie es sein wollte, sicher bei dieser Herumtreiberei.
Bald zog Melanctha Herbert ständig mit ihr umher. Melanctha versuchte es auch mit dem Trinken und einigen der übrigen Gewohnheiten, aber sie fand keinen besonderen Geschmack daran. Aber jeden Tag wurde das Verlangen stärker in ihr, wirklich zu verstehen.
Es waren nun nicht mehr die rauhen Männer, selbst bei Tageslicht nicht, die diese beiden auf ihren Streifzügen kennenlernten, und für Melanctha setzten auch die besseren Schichten nun ein wenig höher ein. Es waren keine Vertreter und Büroangestellten mehr, die sie kennenlernte, sondern Geschäftsleute, Handelsreisende und sogar noch höherstehende Männer, und mit diesen allen plauderten Jane und sie, gingen mit ihnen spazieren und lachten mit ihnen und entflohen ihnen auch immer wieder. Es war immer noch dasselbe, das Kennenlernen und

das immer noch gerade rechtzeitige Entfliehen, nur war es jetzt für Melanctha irgendwie anders, denn obwohl dasselbe ablief, hatte es eine andere Würze, denn jetzt war Melanctha mit einer Frau zusammen, die Bescheid wußte, und allmählich ahnte sie, was es war, das sie verstehen sollte.

Nicht von den Männern lernte Melanctha ihre Erkenntnis. Es war einzig und allein Jane Harden, die Melanctha dazu brachte, langsam zu verstehen.

Jane war eine hart gewordene Frau. Sie hatte Macht, und sie gebrauchte sie gern, sie hatte viel weißes Blut in sich, und das machte sie scharfsichtig, sie trank gern, und das machte sie leichtsinnig. Das weiße Blut war stark in ihr, und sie besaß Kraft und Zähigkeit und Lebensmut. Sie gab nie auf, sosehr sie auch in Schwierigkeiten war. Sie mochte Melanctha Herbert gern wegen mancher Ähnlichkeiten, die sie mit ihr hatte, außerdem war Melanctha jung, und sie besaß Anmut und hatte eine besondere Art, intelligent und einfühlsam den Geschichten zuzuhören, die Jane Harden oft aus ihrer Erfahrung erzählte.

Jane fühlte sich immer stärker zu Melanctha hingezogen. Bald streiften sie fast nur noch umher, um zusammenzusein, und weniger, um Männer zu sehen und ihre verschiedenen Arbeitsweisen kennenzulernen. Dann stellten sie ihre Streifzüge allmählich ein, und Melanctha verbrachte lange Stunden mit Jane in deren Zimmer, saß zu ihren Füßen und hörte ihren Geschichten zu und fühlte ihre Kraft und die Macht ihrer Zuneigung, und langsam sah sie einen bestimmten Weg deutlich vor sich, der sicher zur Erkenntnis führen würde.

Ehe das Ende kam, das Ende der zwei Jahre, in denen Melanctha ihre ganze Zeit mit Jane Harden verbrachte, wenn sie nicht in der Schule oder zu Hause war, ehe diese zwei Jahre zu Ende waren, war Melanctha so weit gekommen, daß sie ganz klar sah, und sie war so weit, daß sie sich ganz sicher war über das, was die Menschen wissend macht.

Jane Harden hatte immer etwas Geld, und sie hatte ein Zimmer im unteren Teil der Stadt. Jane hatte einmal in einer Farbigen-Schule unterrichtet. Sie hatte diese auch wegen schlechter Führung verlassen müssen. Ihr Trinken war es, das sie immer wieder in all diese Schwierigkeiten brachte, denn das läßt sich nie völlig verbergen. Das Trinken überkam Jane immer schlimmer. Melanctha hatte es auch mit dem Trinken versucht, aber es reizte sie nicht wirklich.

Im ersten Jahr ihrer Beziehung war Jane die viel Stärkere. Jane liebte Melanctha, und sie fand sie intelligent und tapfer und liebenswert und lern-

willig, und Jane wollte und hatte, noch ehe das Jahr herum war, Melanctha das gelehrt, was viele Menschen auf der Welt wissend macht.
Jane hatte viele Methoden für diese Unterweisung. Sie erzählte Melanctha viel. Sie liebte Melanctha sehr und ließ Melanctha das stark fühlen. Sie war mit anderen Leuten und mit Männern und mit Melanctha zusammen, und sie ließ Melanctha erkennen, wonach jeder verlangte und wie man mit Macht umging, wenn man welche besaß.
Melanctha saß in diesen Tagen viele Stunden zu Janes Füßen und spürte Janes Wissen. Sie lernte, Jane zu lieben und das sehr tief zu fühlen. Ein wenig lernte sie in diesen Tagen die Freude kennen, und gleichzeitig wurde sie gelehrt, wie heftig sie leiden konnte. Dieses Leiden war ein ganz anderes als jenes, das Melanctha manchmal durch ihre Mutter und ihren ganz unerträglichen schwarzen Vater erfahren hatte. Damals hatte sie gekämpft, und sie konnte stark und tapfer sein in ihrem Leiden, aber hier bei Jane Harden sehnte sie sich, und sie ergab sich und berief sich immer wieder auf ihr Leiden. Es war ein sehr stürmisches, sehr wechselhaftes Jahr für Melanctha, aber zweifellos fing sie damals an, wirklich zu verstehen.
Sie lernte es in jeder Beziehung von Jane Harden. Es gab nichts Gutes oder Böses im Tun,

Fühlen, Denken oder Reden, das Jane ihr erspart hätte. Manchmal überforderte die Lektion sie fast, aber irgendwie stand Melanctha sie immer durch, und so begann sie langsam, aber mit ständig wachsender Kraft und ständig wachsendem Gefühl, wirklich zu verstehen.

Dann wurde langsam alles anders zwischen ihnen. Allmählich wurde Melanctha Herbert nun die Stärkere von beiden. Allmählich begannen sie sich nun voneinander zu lösen.

Melanctha Herbert verlor nie ganz aus dem Gedächtnis, daß es Jane Harden war, die ihr alles beigebracht hatte, aber Jane tat vieles, was Melanctha nun nicht mehr brauchte. Außerdem konnte sich Melanctha auch nie richtig erinnern, wenn es darum ging, was sie getan hatte und was geschehen war. Melanctha stritt sich jetzt manchmal mit Jane, und sie zogen nicht mehr zusammen umher, und manchmal vergaß Melanctha wirklich, wieviel sie Jane Hardens Lehren verdankte.

Melanctha kam es allmählich so vor, als hätte sie schon immer Lebenserfahrung besessen. Im Grunde wußte sie natürlich, daß Jane sie aufgeklärt hatte, aber all das wurde mit der Zeit überdeckt von den Schwierigkeiten zwischen ihnen, die jetzt immer größer wurden.

Jane war eine hart gewordene Frau. Früher einmal war sie sehr stark gewesen, aber jetzt war sie in all ihren Kräften durch das Trinken geschwächt. Melanctha hatte es mit dem Trinken versucht, aber es hatte sie nicht wirklich gereizt. Janes starke Natur und ihr verhärtetes Wesen und ihr Trinken machten es ihr immer schwerer, Melanctha zu verzeihen, daß Melanctha sie jetzt eigentlich nicht mehr brauchte. Jetzt war Melanctha die Stärkere, und Jane war von ihr abhängig.

Melanctha war jetzt etwa achtzehn Jahre alt. Sie war eine anmutige, blaßgelbe, gutaussehende intelligente, anziehende Schwarze, manchmal ein wenig geheimnisvoll in ihrer Art und immer gut und freundlich und immer bereit, etwas für andere zu tun.

Melanctha sah Jane Harden von jetzt an sehr selten. Jane gefiel das nicht besonders, und manchmal sprach sie sehr schlecht über Melanctha, aber ihr Trinken deckte bald alles zu.

Es lag nicht in Melancthas Natur, ihr Gefühl für Jane Harden ganz zu verlieren. Melanctha war ihr ganzes Leben lang bereit, Jane aus jeder Schwierigkeit herauszuhelfen, und später, als Jane wirklich zusammenbrach, tat Melanctha immer alles, was sie konnte, um ihr zu helfen.

Aber Melanctha war jetzt selbst soweit zu lehren. Melanctha konnte jetzt alles tun, wonach es sie verlangte. Melanctha wußte jetzt, wonach es jeden verlangte.

Melanctha hatte gelernt, wie sie etwas länger bleiben konnte; sie hatte gelernt, daß sie entscheiden mußte, wann sie wirklich länger bleiben wollte, und sie hatte gelernt, wie sie, wenn sie wollte, entfliehen konnte.
Und so begann Melanctha wieder umherzustreifen. Es war jetzt alles ganz anders für sie. Es waren jetzt nie mehr die rauhen Männer, die sie ansprach, und es lag ihr auch nicht mehr viel daran, weiße Männer der in ihren Augen viel höheren Schichten kennenzulernen. Es war jetzt etwas Wirklicheres, wonach es Melanctha verlangte, etwas, das sie sehr tief bewegen würde, etwas, das sie ganz mit der Erkenntnis ausfüllen würde, die jetzt in sie gelegt war, und danach verlangte es sie sehr, daß diese sie wirklich ganz erfüllen sollte.
Melanctha streifte in diesen Tagen ausgiebig umher. Sie war jetzt immer allein, wenn sie umherstreifte. Melanctha brauchte jetzt keine Hilfe mehr, um Bekanntschaften zu machen oder um länger zu bleiben oder um zu entfliehen, wenn sie es wollte.
Melanctha probierte in jenen Tagen viele Männer aus, ehe ihr wirklich jemand entsprach. Fast ein Jahr streifte sie umher, und dann begegnete sie einem jungen Mulatten. Er war Arzt und hatte gerade angefangen zu praktizieren. Höchstwahrscheinlich würde es ihm später einmal gut-

gehen, aber das war es nicht, was Melanctha interessierte. Sie fand ihn gut und stark und sanft und sehr intellektuell, und ihr ganzes Leben lang schätzte und wünschte sich Melanctha gute und rücksichtsvolle Menschen, und dazu kam noch, daß er zunächst keine hohe Meinung von Melanctha hatte. Er hielt sich zurück und wußte nicht, was Melanctha eigentlich wollte. Melanctha hatte bald ein großes Verlangen nach ihm. Sie lernten einander besser kennen. Etwas wurde allmählich sehr stark zwischen ihnen. Melanctha hatte ein solches Verlangen nach ihm, daß sie jetzt nie mehr umherstreifte. Sie gab sich ganz dieser Erfahrung hin.

Melanctha Herbert war jetzt ganz allein in Bridgepoint. Sie lebte mal bei dieser farbigen Frau und mal bei jener, und sie nähte, und manchmal unterrichtete sie auch ein bißchen in Vertretung einer Lehrerin in einer Farbigen-Schule. Melanctha hatte jetzt kein Zuhause mehr und auch keine feste Arbeit. Das Leben fing gerade erst an für Melanctha. Sie besaß ihre Jugend und hatte Erkenntnis gewonnen, und sie war anmutig und blaßgelb und sehr freundlich und immer bereit, etwas für andere zu tun, und sie war geheimnisvoll in ihrer Art, was ihre Glaubwürdigkeit nur noch erhöhte.

In dem Jahr, bevor sie Jefferson Campbell begegnete, hatte Melanctha viele verschiedene

Männer ausprobiert, aber keiner von ihnen hatte Melanctha näher interessiert. Sie traf sie, sie war viel mit ihnen zusammen, sie verließ sie, sie dachte meistens, vielleicht würde es das nächste Mal aufregender, und immer wieder merkte sie, daß ihr das alles eigentlich nichts bedeutete. Sie konnte jetzt alles tun, was sie wollte, sie wußte jetzt alles, was jedermann wollte, und doch hatte alles keinen Reiz für sie. Bei diesen Männern, das wußte sie, konnte sie nichts lernen. Sie wollte jemanden, der sie sehr tief etwas lehren konnte, und jetzt endlich war sie sicher, daß sie ihn gefunden hatte, ja jetzt hatte sie es wirklich, noch bevor sie daran dachte, es bei diesem Mann zu suchen.

In diesem Jahr war »Mis« Herbert, wie ihre Nachbarn sie nannten, Melancthas blaßgelbe Mutter, sehr krank, und in diesem Jahr starb sie. Melancthas Vater kam während dieser letzten Jahre nicht sehr oft in das Haus, in dem seine Frau und Melanctha lebten. Melanctha war nicht sicher, ob sich ihr Vater jetzt überhaupt noch in Bridgepoint aufhielt. Dafür war Melanctha jetzt sehr gut zu ihrer Mutter. Es war immer Melancthas Art, zu jedem gut zu sein, der in Bedrängnis war.

Melanctha sorgte gut für ihre Mutter. Sie tat alles, was eine Frau nur tun konnte, sie pflegte und beruhigte ihre blaßgelbe Mutter und stand ihr bei, und sie gab sich in jeder Beziehung große Mühe, für sie zu sorgen und ihr das Sterben leichtzumachen. Aber Melanctha mochte ihre Mutter in diesen Tagen um nichts lieber, und ihrer Mutter lag nie viel an dieser Tochter, die immer ein schwer zu lenkendes Kind gewesen war und die eine sehr boshafte Zunge haben konnte.

Melanctha tat alles, was eine Frau nur tun konnte, und schließlich starb ihre Mutter, und Melanctha beerdigte sie. Melancthas Vater ließ nichts von sich hören, und in ihrem ganzen späteren Leben sah oder hörte oder wußte Melanctha nie mehr, was ihr Vater machte.

Es war der junge Arzt Jefferson Campbell, der Melanctha zum Ende hin bei der Pflege ihrer kranken Mutter half. Jefferson Campbell hatte Melanctha Herbert schon vorher oft gesehen, aber sie hatte ihm nie besonders gefallen, und er hatte nie geglaubt, daß sie etwas Gutes an sich hätte. Er hatte etwas von ihren Streifzügen gehört. Er wußte auch einiges über Jane Harden, und er war sicher, daß es mit dieser Melanctha Herbert, die mit ihr befreundet war und die sich so herumtrieb, einmal böse enden würde.

Dr. Jefferson Campbell war ein ernster, besonnener, guter junger Arzt, der mit Freude seine Arbeit tat. Er kümmerte sich um alle gern, und er liebte seine farbigen Mitmenschen. Er fand das Leben immer sehr leicht, dieser Jeff Campbell, und jeder hatte ihn gern um sich. Er war so gut und mitfühlend, und er war so ernst und so fröhlich. Er sang, wenn er glücklich war, und er lachte, und zu ihm gehörte das freie selbstvergessene Lachen, das dem Negersonnenschein die warme tiefe Glut verleiht.

Jeff Campbell hatte noch nie in seinem Leben wirkliche Schwierigkeiten gehabt. Jeffersons Vater war ein guter, freundlicher, ernster, frommer Mann. Er war ein sehr ausgeglichener, sehr intelligenter und sehr würdevoller, hellbrauner, grauhaariger Schwarzer. Er war Butler, und er hatte viele Jahre für die Familie Campbell gearbeitet, und vor ihm waren schon sein Vater und seine Mutter als Freie in den Diensten dieser Familie gewesen.

Jefferson Campbells Vater und seine Mutter waren natürlich verheiratet, wie es sich gehört. Jeffersons Mutter war eine anmutige, kleine, blaßbraune, sanfte Frau, die ihren guten Mann verehrte und ihm gehorchte und die ihren guten, ernsten, heiteren, tüchtigen Doktor, ihren Jungen, der ihr einziges Kind war, vergötterte und bewunderte und heiß liebte.

Jeff Campbell war von seinen Eltern religiös erzogen worden, aber Religion hatte Jeff nie sehr interessiert. Jefferson war sehr gut. Er liebte seine Eltern, und er verletzte sie nie, und er tat immer alles, was sie wollten und was er konnte, um sie zu erfreuen, aber am meisten liebte er doch die Wissenschaft und das Experimentieren und das Lernen, und er hatte schon früh Arzt werden wollen, und er hatte schon immer ein großes Interesse am Leben der Farbigen gehabt.

Die Familie Campbell war sehr gut zu ihm gewesen und hatte ihn in seinem Ehrgeiz gefördert. Jefferson studierte eifrig, er besuchte ein Farbigen-College, und dann erlernte er den Arztberuf.

Es war jetzt zwei oder drei Jahre her, daß er zu praktizieren begonnen hatte. Alle mochten Jeff Campbell gern, er war so stark und gütig und heiter und verständnisvoll, und er lachte so aus reiner Freude, und er half all seinen farbigen Mitmenschen immer gern.

Dr. Jeff wußte alles über Jane Harden. Er hatte sich einige Male um sie gekümmert, als sie in einem schlimmen Zustand war. Er wußte auch von Melanctha, obwohl er ihr nie begegnet war, bis ihre Mutter krank wurde. Dann wurde er gerufen, um Melanctha bei der Pflege ihrer kranken Mutter zu helfen. Dr. Campbell mochte Melancthas Art nicht, und er glaubte, daß es einmal böse enden würde mit ihr.

Dr. Campbell hatte sich einige Male um Jane Harden gekümmert, als sie in einem schlimmen

Zustand war. Jane hatte manchmal ihm gegenüber schlecht über Melanctha gesprochen. Welches Recht hatte diese Melanctha Herbert, die ihr, Jane Harden, alles verdankte, welches Recht hatte so ein Mädchen, zu fremden Männern zu gehen und sie zu verlassen, aber Melanctha Herbert hatte eben noch nie ein Gefühl dafür gehabt, wie man mit Menschen umgeht. Melanctha war klug, das sprach Jane ihr nie ab, aber sie nutzte es nicht, um etwas Anständiges daraus zu machen. Aber was konnte man schon erwarten, wenn Melanctha so ein Scheusal von einem schwarzen Niggervater hatte, und immer schimpfte Melanctha über ihren Vater und war doch genauso wie er und in Wirklichkeit bewunderte sie ihn sehr, und er hatte nie ein Gefühl dafür gehabt, was er anderen verdankte, und Melanctha war genauso wie er, und sie war auch noch stolz darauf, und Jane hatte es so satt, Melanctha dauernd reden zu hören, als wäre sie es nicht. Jane Harden haßte Menschen, die klug waren und das nicht nutzten, und Melanctha hatte diese Schwäche und wollte immer mit den anderen gut Freund bleiben und sagte nie richtig, daß sie wie ihr Vater sein wollte, und es war so dumm von Melanctha, auf ihren Vater zu schimpfen, wenn sie ihm so ähnlich war und ihr das in Wirklichkeit gefiel. Nein, Jane Harden wollte mit Melanctha nichts zu tun haben. O ja,

Melanctha kam immer wieder vorbei und war freundlich zu ihr. Sicher, das tat Melanctha immer, sie ging nie wirklich fort und verließ einen. Sie benutzte ihren Verstand nicht genug, um etwas ohne Zögern zu tun. Melanctha Herbert war klug, das sprach Jane ihr niemals ab, aber sie wollte nie mehr etwas von Melanctha sehen oder hören, und sie wünschte, Melanctha käme nicht mehr zu ihr. Sie haßte sie nicht, aber sie wollte nichts mehr über ihren Vater hören und das ganze Gerede nicht, das Melanctha immer machte und das ihr einfach nichts bedeutete. Jane hatte das alles jetzt so satt. Sie wollte nichts mehr mit Melanctha zu tun haben, und wenn Dr. Campbell sie sähe, sollte er ihr doch am besten sagen, Jane wolle sie nicht mehr sehen, und sie könne von nun an auf jemand anderen einreden, der bereit sei, ihr zu glauben. Und dann sank Jane Harden langsam zurück und vergaß Melanctha und ihr ganzes früheres Leben, und dann fing sie an zu trinken, und so deckte sie immer alles zu.

Jeff Campbell hörte dies alles sehr oft, aber es interessierte ihn nicht besonders. Er hatte kein Verlangen danach, mehr über diese Melanctha zu erfahren. Er hörte sie einmal draußen vor dem Haus mit einem anderen Mädchen sprechen, als er gerade einen Besuch bei Jane Harden machte. Er konnte nicht viel an ihrem

Reden finden, das er da mitanhörte. Er konnte nicht viel an dem finden, was Jane Harden sagte, wenn sie bei ihm schlecht über Melanctha sprach. Er war mehr an Jane selbst interessiert als an allem, was er über Melanctha hörte. Er wußte, daß Jane Harden klug war, und sie war früher einmal stark gewesen, und sie hätte wirklich etwas leisten können, und nun deckte diese Trinkerei alles zu. Jeff Campbell tat es immer sehr leid, wenn er das mitansehen mußte. Jane Harden war eine hart gewordene Frau, und doch fand Jeff viele starke gute Eigenschaften an ihr, die ihn auch jetzt noch für sie einnahmen.

Jeff Campbell tat alles, was er für Jane Harden tun konnte. Ihm lag nicht viel daran, von Melanctha zu hören. Er empfand eigentlich nichts für sie. Er merkte, daß sie ihn nicht interessierte. Jane war eine so viel stärkere Frau, und Jane hatte wirklich gute Fähigkeiten besessen, und sie hatte sie genutzt und etwas daraus gemacht, bis diese Trinkerei solche Macht über sie bekam.

Dr. Campbell half Melanctha Herbert bei der Pflege ihrer kranken Mutter. Er sah Melanctha jetzt sehr oft und lange, und manchmal unterhielten sie sich eine ganze Weile, aber Melanctha sagte nie etwas zu ihm über Jane Harden. Sie sprach zu ihm nie über etwas, das nicht ganz allgemeine Dinge betraf, oder sie sprach mit ihm über Medizin oder erzählte ihm witzige Geschichten. Sie stellte ihm immer viele Fragen und hörte sich alles sehr aufmerksam an, was er ihr erzählte, und sie erinnerte sich immer an alles, was sie ihn über das Arzthandwerk sagen hörte, und sie erinnerte sich immer an alles, was sie von allen anderen gelernt hatte.

Jeff Campbell entdeckte bei sich niemals ein besonderes Interesse an all diesen Unterhaltungen. Er entdeckte bei sich keine größere Sympathie für Melanctha, seit er sie so häufig sah. Er fand niemals, daß er viel von Melanctha hielt. Er fand niemals, daß er von ihrer Klugheit überzeugt war wie Jane Harden. Er fand, daß er Jane Harden immer lieber mochte und daß er sehr wünschte, sie hätte niemals mit dieser schlimmen Trinkerei angefangen. Melanctha Herberts Mutter ging es jetzt immer schlechter. Melanctha tat wirklich alles, was eine Frau nur tun konnte. Melancthas Mutter mochte ihre Tochter jetzt durchaus nicht lieber. Sie sprach nie viel, diese »Mis« Herbert, aber jeder konnte sehen, daß sie nicht viel von dieser Tochter hielt. Dr. Campbell mußte jetzt oft lange bleiben, um »Mis« Herbert zu versorgen. Eines Tages ging es »Mis« Herbert viel schlechter, und Dr. Campbell dachte, daß sie diese Nacht sicher sterben würde. Er kam noch einmal spät wieder in das Haus zurück, wie er versprochen hatte, um bei

»Mis« Herbert zu wachen und Melanctha zu helfen, wenn sie jemanden brauchte, der bei ihr wäre. Melanctha Herbert und Jeff Campbell blieben die ganze Nacht zusammen auf. »Mis« Herbert starb nicht. Am nächsten Tag ging es ihr ein wenig besser.

Dieses Haus, in dem Melanctha immer mit ihrer Mutter gewohnt hatte, war ein kleines zweistöckiges rotes Backsteinhaus. Sie hatten nicht viele Möbel darin, und einige Fenster waren zerbrochen und nicht ausgebessert. Melanctha konnte jetzt nicht viel Geld für das Haus aufwenden, aber mit Hilfe einer farbigen Frau, die ihre Nachbarin war und freundlich und die ihnen immer geholfen hatte, schaffte es Melanctha, für ihre Mutter zu sorgen und das Haus einigermaßen sauber und ordentlich zu halten.

Melancthas Mutter lag oben in einem Zimmer im Bett, und die Treppe führte von unten direkt in dieses Zimmer. Es gab überhaupt nur zwei Zimmer im oberen Stock. Melanctha und Dr. Campbell setzten sich in der Nacht, in der sie zusammen wachten, auf die Treppe, so daß sie Melancthas Mutter hören und sehen konnten und das Licht doch nicht blendete, und sie konnten da sitzen und lesen, wenn sie wollten, und sich leise etwas unterhalten, ohne »Mis« Herbert zu stören.

Dr. Campbell las immer sehr gern. Dr. Campbell hatte sich kein Buch mitgebracht in jener Nacht. Er hatte es einfach vergessen. Er hatte sich noch etwas zu lesen in die Tasche stecken wollen, damit er sich unterhalten könnte, wenn er dasaß und wachte. Als er »Mis« Herbert versorgt hatte, kam er und setzte sich auf die Treppe genau über der Stufe, auf der Melanctha saß. Er sprach davon, daß er vergessen hatte, sich ein Buch mitzubringen. Melanctha sagte, da seien noch ein paar alte Zeitungen im Haus, vielleicht fände Dr. Campbell etwas darunter, womit er sich für eine Weile die Zeit vertreiben könnte. In Ordnung, sagte Dr. Campbell, das wäre besser, als nur so dazusitzen. Dr. Campbell fing an, die alten Zeitungen durchzublättern, die Melanctha ihm gab. Wenn ihn etwas amüsierte, las er es Melanctha vor. Melanctha war jetzt ziemlich schweigsam ihm gegenüber. Dr. Campbell spürte langsam ein wenig, wie sie auf ihn einging. Dr. Campbell merkte langsam, daß Melanctha vielleicht doch klug war. Dr. Campbell war sich noch nicht sicher, ob sie klug war, aber langsam begann er zu glauben, daß sie es vielleicht doch sein könnte.

Jefferson Campbell sprach immer gern mit jedem von den Dingen, mit denen er sich beschäftigte, und von seinen Überlegungen, was er für die Farbigen tun könnte. Melanctha Herbert dachte über diese Dinge keineswegs so wie er.

Melanctha hatte Dr. Campbell nie viel von dem gesagt, was sie darüber dachte. Melanctha hatte nicht dieselbe Einstellung wie er zu einer guten und geordneten Lebensweise ohne ständige Erregung, wie Jefferson Campbell sie sich für alle wünschte, damit alle weise und doch glücklich wären. Melanctha hatte immer ein sicheres Gespür für wirkliche Erfahrung. Melanctha hielt nicht viel davon, auf diesem Wege zu wirklicher Erkenntnis zu gelangen.
Dr. Campbell hatte seine Lektüre der alten Zeitungen bald beendet, und dann kam es irgendwie dazu, daß er von den Dingen zu sprechen begann, an die er immer dachte. Dr. Campbell sagte, er wolle arbeiten, um die Beschwerden und Nöte der Menschen verstehen zu können, und nicht einfach, um etwas Erregendes zu erleben, und er glaube, man solle Vater und Mutter lieben und immer ein geordnetes Leben führen und nicht immer etwas Neues und Aufregendes wollen und man solle immer wissen, wo man stehe und was man wolle, und immer alles genauso sagen, wie man es meine. Das sei die einzige Lebensweise, die er kenne oder an die er glaube, wiederholte Jeff Campbell. »Nein ich sehe keinen Wert darin, dauernd in Aufregung zu leben und dauernd alle möglichen Erfahrungen machen zu wollen. Ich mache schon reichlich Erfahrungen, wenn ich nur ordentlich und

ruhig und mit meiner Familie lebe und meine Arbeit tue und mich um Menschen kümmere und das zu verstehen suche. Ich halte nicht viel von dieser hektischen Geschäftigkeit, und ich möchte die Farbigen nicht darin sehen. Ich bin ein Farbiger, und ich bedaure das nicht, und ich möchte erleben, daß die Farbigen lieben, was gut ist und was ich ihnen wünsche, und das ist in geordneten Verhältnissen leben und tüchtig arbeiten und die Dinge verstehen, und das ist genug, um einen anständigen Menschen in Spannung zu halten.« Jeff Campbell sprach jetzt mit einigem Zorn. Nicht zu Melanctha, er dachte gar nicht an sie, als er redete. Das Leben selbst, das er wollte, sprach er an, und die Lebensweise, wie er sie für die Farbigen wollte. Aber Melanctha Herbert hatte ihm zugehört, wie er das alles sagte. Sie wußte, er meinte es so, aber es bedeutete ihr nicht viel, und sie war sicher, daß er eines Tages herausfinden würde, daß das nicht alles war, nicht die ganze wirkliche Erkenntnis. Melanctha wußte sehr gut, was es heißt, wirklich zu wissen. »Aber wie ist es mit Jane Harden?« sagte Melanctha zu Jeff Campbell. »Mir scheint Dr. Campbell Sie finden, sie hat etwas Besonderes an sich, und Sie gehen sehr oft dahin, und Sie reden viel mehr mit ihr als mit den netten Mädchen, die zu Hause bei ihrer Familie bleiben, wie Sie es doch eigentlich haben wollen, wie Sie sagen. Es kommt mir nicht so vor Dr. Campbell, als wenn das was Sie sagen und das was Sie tun viel miteinander zu tun hätten. Und was Ihr Gutsein angeht Dr. Campbell«, fuhr Melanctha fort, »Sie gehen doch selbst nicht besonders gern in die Kirche, und doch sagen Sie immer, Sie hielten so viel von solchen Dingen für die Menschen. Mir scheint, Dr. Campbell, Sie möchten ein unterhaltsames Leben führen genau wie wir alle andern, und trotzdem sagen Sie immerzu, es sei richtig, gut zu sein, und man sollte keine erregenden Erlebnisse haben, und doch wollen Sie selbst das eigentlich gar nicht befolgen Dr. Campbell, nicht mehr als ich oder Jane Harden. Nein, Dr. Campbell, es kommt mir wirklich so vor, als wüßten Sie selbst nicht genau, was Sie meinen, wenn Sie so reden.«

Jefferson hatte einfach so weitergeredet, wie er es immer tat, wenn er einmal angefangen hatte, und nun bewirkte Melancthas Antwort nur, daß er etwas energischer sprach. Er lachte auch ein wenig, aber sehr leise, um »Mis« Herbert nicht zu stören, die ganz friedlich schlief, und er schaute Melanctha strahlend an und hatte seine Freude an ihr, und dann setzte er seinerseits zu einer Antwort an.

»Ja«, begann er, »es klingt sicher ein bißchen so, als wüßte ich nicht genau, was ich meine, wenn

Sie es so ausdrücken, Miss Melanctha, aber das ist nur, weil Sie nicht ganz verstehen, was ich meinte mit dem, was ich Ihnen gerade gesagt habe. Ich sage ja durchaus nicht, daß ich nicht alle Arten von Menschen kennenlernen möchte, Miss Melanctha, und ich sage nicht, daß es nicht viele Arten von Menschen gibt, und ich sage niemals, daß ich es nicht sehr gut finde, Leute wie Jane Harden zu kennen und mit ihnen zu reden, aber es sind ihre starken Seiten, die ich an Jane Harden mag, nicht ihre ganzen aufregenden Erlebnisse. Ich bewundere nicht, was sie Schlechtes tut, Miss Melanctha, aber Jane Harden ist eine starke Frau, und das schätze ich immer wieder an ihr. Nein ich weiß, Sie glauben nicht, was ich sage, Miss Melanctha, aber ich meine es ernst, und es ist alles nur, weil Sie es nicht verstehen, wenn ich es sage. Und was die Religion angeht, so ist das eben nicht meine Art, gut zu sein, Miss Melanctha, aber es ist ein guter Weg für viele Menschen, um ein gutes und geordnetes Leben zu führen, und wenn sie gläubig sind, hilft es ihnen, gut zu sein, und wenn sie dabei aufrichtig sind, sehe ich es gern, wenn sie eine Religion haben. Nein, was ich nicht mag, Miss Melanctha, ist das, was ich so oft bei den Farbigen beobachte, daß sie immer auf Neues aus sind, nur um sich Erregung zu verschaffen.« Hier brach Jefferson Campbell seine Rede ab.

Melanctha Herbert erwiderte nichts. Sie saßen beide ganz still da. Jeff Campbell fing dann wieder mit den alten Zeitungen an. Er saß da auf der Treppe genau über der Stufe, auf der Melanctha saß, und setzte seine Lektüre fort, und sein Kopf ging auf und nieder, und manchmal las er, und manchmal dachte er über alles nach, was er tun wollte, und dann strich er sich mit dem dunklen Handrücken über den Mund, und zwischendurch runzelte er die Stirn vor lauter Nachdenken, und manchmal rieb er sich kräftig den Kopf, um besser denken zu können. Und Melanctha saß nur ruhig da und sah zu, wie die Lampe brannte, und manchmal drehte sie sie ein wenig herunter, wenn der Wind hineinfuhr und sie anfing zu rauchen. Und so saßen Jeff Campbell und Melanctha Herbert da auf der Treppe, ganz still, eine lange Zeit, und es schien sie nicht sehr zu beschäftigen, daß sie zusammen waren. Sie saßen ungefähr eine Stunde so da, und dann kam es Jefferson ganz langsam und als ein starkes Gefühl zu Bewußtsein, daß er da auf der Treppe saß, allein mit Melanctha. Er wußte nicht, ob Melanctha viel dabei empfand, daß sie da allein zusammen waren. Jefferson begann hin und her zu überlegen. Langsam glaubte er, daß sie bestimmt beide dieses Gefühl haben mußten. Es war so wichtig, daß er wußte, daß Melanctha dieses

Gefühl haben mußte. Sie saßen beide da, ganz still, eine lange Zeit.
Schließlich begann Jefferson davon zu sprechen, wie die Lampe roch. Jefferson begann zu erklären, woher es komme, daß eine Lampe anfängt zu riechen. Melanctha ließ ihn reden. Sie antwortete nicht, und dann verstummte er. Bald darauf setzte sich Melanctha auf, und dann brachte sie ihre Bedenken vor.
»Was Sie da eben gesagt haben Dr. Campbell, über ein geordnetes Leben und all das, ich verstehe wirklich nicht, was Sie gemeint haben mit dem was Sie da eben gesagt haben. Sie sind kein bißchen so, wie gute Menschen sind Dr. Campbell, wie die guten Menschen, die Sie immer mit sich vergleichen. Ich kenne gute Menschen Dr. Campbell, und Sie sind kein bißchen wie die Männer, die gut und fromm sind. Sie sind einfach so frei und unbeschwert wie ein Mann nur sein kann Dr. Campbell, und Sie sind immer gern bei Jane Harden, und sie ist ganz schön verdorben, und Sie sehen nicht auf sie herab, und Sie sagen nie zu ihr, daß sie verdorben ist. Ich weiß, Sie mögen sie wie einen Freund Dr. Campbell, und so verstehe ich wirklich nicht ganz, was Sie mit all dem meinen was Sie eben zu mir gesagt haben. Ich weiß, Sie meinen es ehrlich Dr. Campbell, und ich versuche auch immer, Ihnen zu glauben, aber ich kann nicht

sagen, daß mir ganz klar ist, was Sie meinen, wenn Sie sagen, Sie wollen gut und wirklich fromm sein, weil ich ganz sicher bin Dr. Campbell, daß Sie überhaupt nicht so ein Mann sind, und Sie schämen sich gar nicht, mit komischen Leuten zusammenzusein, und Sie scheinen zu denken, das, was Sie tun, sei genau dasselbe wie das, was Sie immer sagen, und Dr. Campbell, ich verstehe wirklich nicht ganz, was Sie damit meinen was Sie sagen.«

Dr. Campbell lachte so laut, daß er »Mis« Herbert beinahe aufgeweckt hätte. Ihm gefiel die Art, wie Melanctha ihm diese Dinge sagte. Er hatte langsam das starke Gefühl, daß Melanctha vielleicht doch klug war. Er lachte jetzt ganz ungezwungen, aber nicht um Melanctha zu ärgern. Er war sehr freundlich zu ihr als er lachte, und dann machte er wieder ein ernstes Gesicht, und er rieb sich den Kopf, um besser denken zu können.

»Ich weiß Miss Melanctha«, begann er, »es ist nicht sehr leicht für Sie zu verstehen, was ich meine mit dem, was ich eben zu Ihnen gesagt habe, und vielleicht würden manche von den guten Leuten, die ich so gern mag, auch nicht sehr viel mehr als Sie, Miss Melanctha, von meiner Art halten, gut zu sein. Aber das macht nichts Miss Melanctha. Was ich meine mit dem, was ich eben zu Ihnen gesagt habe Miss Melanctha, ist, daß ich nichts, aber auch gar nichts davon halte, wenn man etwas einfach nur tut, um sich Aufregung zu verschaffen. Sehen Sie Miss Melanctha, ich meine die Art und Weise, wie so viele Farbige es tun. Anstatt tüchtig zu arbeiten und ihre Arbeit wichtig zu nehmen und mit ihren Familien ein geordnetes Leben zu führen und ihr ganzes Geld zu sparen, damit sie etwas haben, um ihre Kinder besser aufzuziehen, anstatt ein geordnetes Leben zu führen und es so zu machen und all ihre neuen Möglichkeiten aus einem anständigen Leben zu gewinnen, rennen die Farbigen einfach immer nur ziellos umher und trinken vielleicht und tun alles Schlechte, das ihnen nur in den Sinn kommt, und nicht einfach, weil sie all die schlimmen Dinge mögen, die sie immer tun, sondern einfach nur, weil sie in Erregung kommen wollen. Nein Miss Melanctha, wie Sie wissen, bin ich selbst ein Farbiger, und ich bedaure das nicht, und ich möchte erleben, daß die Farbigen gut und sorgsam und immer ehrlich sind und immer ein möglichst geordnetes Leben führen, und ich bin sicher Miss Melanctha, auf diese Weise kann jeder es schön haben und glücklich sein und rechtschaffen bleiben und beschäftigt sein und muß nicht immer lauter schlimme Dinge tun, um sich immer wieder neue Erregung zu verschaffen. Ja Miss Melanctha, ich möchte wirk-

lich gern, daß alles gut und ruhig ist, und ich glaube bestimmt, das ist der beste Weg für uns Farbige. Nein, Miss Melanctha, ich meine das gar nicht anders als ich es sage. Ich habe keine andere Meinung Miss Melanctha, und das meine ich, wenn ich davon spreche, wirklich gut zu sein. Das heißt nicht Miss Melanctha, fromm zu sein und nicht jeden Menschen gern zu haben, und ich würde nie sagen Miss Melanctha, daß wir es ablehnen sollten, andersgeartete Menschen kennenzulernen, wenn sie ganz normal in unser Leben treten. Was ich meine Miss Melanctha mit dem was ich immer sage, ist, daß man nicht versuchen sollte, jeden kennenzulernen, einfach nur um herumzulaufen und in Erregung zu kommen. Das ist genau die Art, die ich immer so hasse Miss Melanctha und die so schädlich ist für uns Farbige. Ich weiß nicht, ob Sie jetzt besser verstehen, was ich meine mit dem, was ich Ihnen eben gesagt habe. Aber Sie wissen jetzt bestimmt Miss Melanctha, daß ich immer meine was ich sage, wenn ich so rede.«
»Ja, ich verstehe Sie ganz bestimmt, wenn Sie so reden Dr. Campbell. Ich verstehe jetzt ganz bestimmt, was Sie meinen mit dem was Sie zu mir gesagt haben. Ich verstehe ganz bestimmt Dr. Campbell, daß Sie sagen wollen, Sie finden es nicht in Ordnung, jemanden zu lieben.«
»Aber nein doch, Miss Melanctha ich finde das

sehr wohl in Ordnung, ich halte ganz bestimmt viel davon zu lieben und zu allen Menschen gut zu sein und zu verstehen suchen, was ihnen allen fehlt, um ihnen zu helfen.« »O ich weiß alles über diese Art Dr. Campbell, aber das ist bestimmt nicht die Art von Liebe, die ich meine, wenn ich davon spreche. Ich meine wirkliche, starke, heiße Liebe Dr. Campbell, die einen dazu drängt, alles für jemanden zu tun, der einen liebt.« »Ich weiß bis jetzt nicht viel über diese Art von Liebe Miss Melanctha. Sehen Sie, so ist es immer mit mir Miss Melanctha. Ich bin mit meinen Gedanken immer so bei der Arbeit, die ich gerade tue, daß ich keine Zeit für Spielereien habe, und außerdem, sehen Sie Miss Melanctha, ich möchte wirklich auf gar keinen Fall in Erregung versetzt werden, und diese starke Liebe scheint immer nur zu bedeuten, daß man die ganze Zeit nur in Erregung lebt. Das ist wirklich immer mein Eindruck von denen, die es schlimm erwischt hat, Miss Melanctha, und das würde sicher nicht zu einem Mann wie mir passen. Sehen Sie Miss Melanctha, ich bin ein ganz ruhiger Kerl, und ich glaube an ein ruhiges Leben für alle Farbigen. Nein Miss Melanctha, ich habe mich wirklich noch nie auf solche Aufregungen eingelassen.«
»Ja ich sehe das sicher ganz klar Dr. Campbell«, sagte Melanctha, »ich sehe, das ist sicher das,

was es mir immer unmöglich gemacht hat, mich richtig mit Ihnen auszukennen, und das ist sicher das, was Sie dazu bringt, wirklich zu meinen, was Sie da immerzu sagen. Sie haben bestimmt nur Angst davor Dr. Campbell, wirklich etwas ganz tief in sich zu fühlen. Das einzige, was Sie immer wollen Dr. Campbell, ist einfach nur über das Gutsein reden und mit den Menschen spielen, einfach nur, um es gut zu haben und sich selbst doch immer aus allen Schwierigkeiten herauszuhalten. Ich glaube nicht Dr. Campbell, daß ich es besonders bewundere, wenn jemand es so macht. Das heißt für mich wirklich nicht, sehr gut zu sein. Das heißt für mich wirklich nur Dr. Campbell, daß Sie sicher schreckliche Angst davor haben, wirklich etwas ganz tief in sich zu fühlen, und wirklich nur so Dr. Campbell, kann ich verstehen, daß Sie das vielleicht auch meinen, was Sie mir immer sagen.«

»Ich kenne mich da nicht aus Miss Melanctha, ich glaube aber sicher nicht, daß ich nicht etwas tief in mir fühlen könnte, obwohl ich sagen muß, daß ich sicher alles gern schön ruhig habe, aber ich finde nichts Schlimmes dabei, wenn man sich von der Gefahr fernhält Miss Melanctha, wenn ein Mann weiß, daß er bestimmt nicht darin umkommen will, und ich kenne nichts, was gefährlicher wäre Miss Melanctha, als heftig in jemanden verliebt zu sein. Ich fürchte mich nicht vor Krankheit oder wirklichen Schwierigkeiten Miss Melanctha, und ich will gar nicht davon reden, was ich bei wirklichen Schwierigkeiten tun kann, Sie wissen ja selbst etwas darüber Miss Melanctha, aber ich sehe wirklich nicht viel Sinn darin, mich auf diese furchtbare Gefahr einzulassen, nur um in Erregung zu kommen. Nein Miss Melanctha ich kenne sicher nur zwei Arten von Liebe. Eine Art zu lieben scheint mir so zu sein, wie man ein gutes ruhiges Gefühl in einer Familie hat, wenn man seine Arbeit tut und immer ein gutes und geordnetes Leben führt, und die andere Art zu lieben ist die, es genauso zu machen wie die Tiere, die unten auf den Straßen zusammen sind, und das scheint mir nicht gut zu sein Miss Melanctha, obwohl ich nie sagen will, daß es nicht in Ordnung ist, wenn jemand das mag, und das sind schon alle Arten von Liebe, die ich kenne Miss Melanctha, und mir liegt bestimmt nicht viel daran, mich auf so etwas einzulassen, nur um in Bedrängnis zu geraten.«

Jefferson brach ab, und Melanctha dachte ein wenig nach. »Das erklärt mir wirklich Dr. Campbell, was ich schon die ganze Zeit über Sie gedacht habe. Ich habe mich wirklich gefragt, wie Sie so lebhaft sein können und daß Sie alles und jeden kennen und immer so groß über alles reden und daß jeder Sie so gern hat und daß Sie immer so aussehen als wenn Sie nachdächten, und doch haben Sie im Grunde noch nie etwas über andere gewußt und bestimmt nichts wirklich verstanden. Das ist bestimmt alles so Dr. Campbell weil Sie solche Angst davor haben, daß Sie dann nicht mehr so leicht gut sein können, und es scheint mir wirklich Dr. Campbell daß wirklich nicht viel dabei herauskommt bei dieser Art von Güte.«

»Vielleicht haben Sie recht Miss Melanctha«, antwortete Jefferson. »Ich sage ja gar nicht, daß Sie nicht vielleicht recht haben Miss Melanctha. Vielleicht sollte ich mehr über diese Dinge wissen Miss Melanctha. Vielleicht würde mir das etwas dabei helfen, wenn ich mich um die Farbigen kümmere Miss Melanctha. Ich streite das ja alles gar nicht ab, aber vielleicht könnte ich auf die richtige Weise eine ganze Menge über Frauen lernen, wenn ich eine wirklich gute Lehrerin hätte.«

In diesem Augenblick bewegte sich »Mis« Herbert ein wenig im Schlaf. Melanctha ging die Treppe hinauf an ihr Bett, um nach ihr zu sehen. Dr. Campbell stand auch auf und kam, um ihr zu helfen. »Mis« Herbert wachte auf und fühlte sich etwas besser. Jetzt war es Morgen, und Dr. Campbell gab Melanctha seine Anweisungen, und dann verließ er sie.

Melanctha liebte und wünschte sich ihr ganzes Leben lang gute, freundliche und rücksichtsvolle Menschen. Jefferson Campbell verkörperte alles, was Melanctha sich je gewünscht hatte. Jefferson war ein kräftiger, gutgewachsener, gutaussehender, heiterer, intelligenter und guter Mulatte. Und dann hatte ihm zunächst nichts daran gelegen, Melanctha kennenzulernen, und als er sie kennenlernte, hatte sie ihm nicht besonders gut gefallen, und er hatte nicht gedacht, daß sie es jemals zu etwas Gutem bringen würde. Und dann war Jefferson Campbell so besonders zartfühlend. Jefferson tat nie solche Dinge wie andere Männer, Dinge, die Melanctha jetzt allmählich abstießen. Und dann schien Jefferson Campbell auch nicht genau zu wissen, was Melanctha eigentlich wollte, und dies alles rief in Melanctha das Gefühl hervor, daß seine Macht über sie immer größer wurde. Dr. Campbell sah jeden Tag bei »Mis« Herbert herein. »Mis« Herbert ging es nach der Nacht, in der sie zusammen gewacht hatten, etwas besser, aber »Mis« Herbert war wirklich sehr krank, und bald war es ziemlich sicher, daß sie sterben würde. Melanctha tat die ganze Zeit wirklich alles, was eine Frau nur tun konnte. Jefferson dachte nicht viel besser über Melanctha, während sie all das tat. Er wußte genau, Jane Harden hatte recht, wenn sie sagte, Melanctha sei immer gut zu jedem, aber das mache Melanctha in ihren Augen nicht besser. Außerdem mochte auch »Mis« Herbert Melanctha keineswegs lieber, nicht einmal am letzten Tag ihres Lebens, und so hielt Jefferson eigentlich nicht viel davon, daß Melanctha immer gut zu ihrer Mutter war.

Jefferson und Melanctha sahen sich jetzt sehr oft. Sie waren jetzt immer gern zusammen, und sie hatten es jetzt immer schön, wenn sie miteinander sprachen. In ihren Unterhaltungen redeten sie meistens noch über äußere Dinge und über das, was sie dachten. Abgesehen von ganz kurzen Augenblicken, und die waren selten, sagten sie nie etwas über ihre Gefühle. Manchmal neckte Melanctha Jefferson ein wenig, einfach um zu zeigen, daß sie nicht vergessen hatte, aber meistens hörte sie ihm zu, denn Jefferson sprach immer noch gern ausführlich über die Dinge, an die er glaubte. Melanctha mochte Jefferson Campbell mit jedem Tag lieber, und Jefferson erkannte allmählich, daß Melanctha wirklich klug war, und er begann etwas von ihrer wirklichen Zärtlichkeit zu spüren. Nicht in ihrem Verhalten zu »Mis« Herbert, wenn sie gut zu ihr war, was nach Jeffersons Eindruck nicht viel zu bedeuten hatte, sondern in Melancthas Natur lag eine ganz starke Zärtlichkeit, die Jefferson jetzt allmählich spürte, wenn er bei ihr war.

»Mis« Herbert ging es jetzt immer schlechter. Eines Abends war Dr. Campbell wieder ganz sicher, daß sie wahrscheinlich noch vor Tagesanbruch sterben würde. Dr. Campbell sagte, er käme wieder, um mit Melanctha bei ihr zu wachen und alles zu tun, was er könnte, um »Mis« Herbert das Sterben leichter zu machen. Dr. Campbell kam an diesem Abend wieder, nachdem er seine anderen Patienten versorgt hatte, und dann verschaffte er »Mis« Herbert Erleichterung, und dann kam er und setzte sich auf die Treppe genau über der Stufe, auf der Melanctha mit der Lampe saß und sehr müde aussah. Dr. Campbell war auch ziemlich müde, und sie saßen beide ganz still da.

»Sie sehen furchtbar müde aus heute abend, Dr. Campbell«, sagte Melanctha schließlich mit ihrer leisen und sehr sanften Stimme. »Möchten Sie sich nicht hinlegen und ein bißchen schlafen? Sie sind immer viel zu gut zu allen, Dr. Campbell. Ich habe es gern, wenn Sie heute nacht hierbleiben und mit mir wachen, aber es scheint doch nicht richtig, daß Sie auch noch hierbleiben sollen, wo Sie immer schon so viel für andere tun müssen. Es ist wirklich sehr freundlich von Ihnen, daß Sie wiedergekommen sind, Dr. Campbell, aber ich kann heute nacht bestimmt ohne Sie zurechtkommen. Ich kann auf jeden Fall nebenan Hilfe holen, wenn ich

welche brauche. Sie gehen jetzt gleich nach Hause ins Bett, Dr. Campbell. Sie sehen wirklich so aus, als wenn Sie es nötig hätten.«
Jefferson schwieg einige Zeit, und dabei sah er Melanctha sehr liebevoll an.
»Ich hätte wirklich nie gedacht, Miss Melanctha, daß Sie einmal so lieb und rücksichtsvoll zu mir sein würden.«
»Dr. Campbell«, sagte Melanctha, noch sanfter, »ich hätte wirklich nie gedacht, daß Sie es je gut finden würden, mich zu mögen. Ich hätte wirklich nie gedacht, daß Sie sich selbst davon überzeugen wollten, ob ich lieb sein könnte.«
Sie saßen da beide sehr müde, sehr sanft, sehr still, eine lange Zeit. Schließlich fing Melanctha an, in einem leisen, ruhigen Ton zu Jefferson Campbell zu sprechen. »Sie sind wirklich ein sehr guter Mensch, Dr. Campbell, ich spüre das wirklich mit jedem Tag, an dem ich Sie sehe, mehr. Dr. Campbell, ich möchte wirklich gern mit einem guten Mann wie Ihnen befreundet sein, jetzt wo ich Sie kenne. Sie tun bestimmt nie so etwas wie andere Männer, Dr. Campbell, was mich immer so abstößt. Sagen Sie mir ehrlich, Dr. Campbell, was hielten Sie davon, immer mit mir befreundet zu sein. Ich weiß ganz sicher, Dr. Campbell, Sie sind ein guter Mensch, und wenn Sie sagen, Sie wollen mit mir befreundet sein, werden Sie mich bestimmt nie im Stich lassen,

wie so viele von den anderen es mit jedem Mädchen machen, das sie für sich gewonnen haben. Sagen Sie mir ehrlich, Dr. Campbell, wollen Sie mit mir befreundet sein?«

»Nun, Miss Melanctha«, sagte Campbell langsam, »nun, sehen Sie, ich kann Ihnen das jetzt nicht gleich so sagen. Nun Sie wissen doch, Miss Melanctha, ich würde mich sehr freuen, wenn es nach und nach dazu käme, daß wir immer Freunde sind, aber sehen Sie, Miss Melanctha, ich bin bestimmt ein ganz schwerfälliger ruhiger Kerl, obwohl ich mit dem Reden immer schnell bin, und wenn ich wirklich hinter dem stehen will, was ich Ihnen immer sage, kann ich so etwas nicht so ohne weiteres allgemein sagen, bis ich nicht wirklich genauer Bescheid weiß über Sie und wie ich Sie mag und was ich eigentlich für Sie besser machen will. Sie verstehen sicher, was ich meine, Miss Melanctha.« »Ich bewundere es wirklich, daß Sie so offen mit mir reden, Jeff Campbell«, sagte Melanctha. »Oh, ich bin immer offen, Miss Melanctha. Es fällt mir ziemlich leicht, immer offen zu sein, Miss Melanctha. Ich brauche ja nur immer einfach geradeheraus zu sagen, was ich denke. Ich hatte bestimmt noch nie wirklich Grund, es jemandem nicht so geradeheraus zu sagen.« Sie saßen sehr schweigsam beieinander. »Ich frage mich wirklich, Miss Melanctha«, begann Jeff Campbell schließlich, »ich frage mich wirklich, ob wir, Sie und ich, ganz genau wissen, was der andere tatsächlich denkt. Ich frage mich wirklich, Miss Melanctha, ob wir überhaupt richtig voneinander wissen, was wir meinen mit dem, was wir immer sagen.« »Das soll doch bestimmt heißen, so wie Sie das sagen, daß Sie denken, ich sei schlecht, Jeff Campbell«, fuhr Melanctha auf. »Aber nein, Miss Melanctha, aber natürlich meine ich überhaupt nichts dergleichen mit dem, was ich Ihnen da sage. Sie wissen ebensogut wie ich, Miss Melanctha, daß ich mit jedem Tag, an dem ich Sie sehe, besser über Sie denke, und ich unterhalte mich jetzt immer gern mit Ihnen, Miss Melanctha, und ich glaube bestimmt, daß es uns beiden sehr gefällt, wenn wir zusammen sind, und es scheint mir immer mehr, daß Sie immer sehr gut und lieb zu allen sind. Es ist nur, ich bin wirklich so schwerfällig in meiner Art, Miss Melanctha, wenn ich auch mit jedem so schnell rede, und ich möchte Ihnen nichts sagen, was ich nicht ganz sicher weiß, und ich weiß bestimmt nicht sicher, ob ich überhaupt alles weiß, was Sie meinen mit dem, was Sie immer zu mir sagen. Und sehen Sie, Miss Melanctha, das ist alles, was mich dazu veranlaßt hat, das zu sagen, was ich Ihnen eben gesagt habe, als Sie mich gefragt haben.«

»Ich möchte Ihnen wirklich noch einmal dafür

danken, daß Sie so offen zu mir sind, Dr. Campbell«, sagte Melanctha. »Ich denke, ich lasse Sie jetzt allein, Dr. Campbell. Ich glaube, ich gehe jetzt in das andere Zimmer und ruhe mich ein bißchen aus. Ich lasse Sie hier allein, so können Sie vielleicht schlafen und sich auch ein bißchen ausruhen, wenn ich nicht da bin. Dann also gute Nacht, Dr. Campbell, ich rufe Sie dann, wenn ich Ihre Hilfe brauche, Dr. Campbell, ich hoffe, Sie ruhen sich gut aus, Dr. Campbell.«

Jeff Campbell saß da, als Melanctha ihn verlassen hatte, und er war ganz ruhig und nur erstaunt. Er wußte einfach nicht so genau, was Melanctha meinte mit dem, was sie immer zu ihm sagte. Er wußte nicht genau, wieviel er tatsächlich über Melanctha Herbert wußte. Er fragte sich, ob er weiterhin immer soviel mit ihr zusammensein sollte. Er begann darüber nachzudenken, was er jetzt mit ihr anfangen sollte. Jefferson Campbell war ein Mensch, der jeden mochte, und viele Menschen waren sehr gern mit ihm zusammen. Frauen mochten ihn, er war so stark und gut und verständnisvoll und arglos und bestimmt und sanft. Manchmal schienen sie sehr zu wünschen, daß er bei ihnen wäre. Wenn sie das erreicht hatten, langweilten sie Campbell immer sehr. Manchmal spielte er ein wenig mit ihnen, aber noch nie hatte er irgendein starkes Gefühl für sie gehabt. Jetzt bei Melanctha Herbert schien alles anders. Jefferson war sich nicht sicher, ob er hier genau wußte, was er wollte. Er war sich nicht sicher, ob er genau wußte, was Melanctha wollte. Er wußte, wenn es mit Melanctha nur ein Spiel war, dann wollte er es nicht. Aber er mußte immer daran denken, wie sie zu ihm gesagt hatte, er sei gar nicht fähig, etwas ganz tief zu fühlen. Er mußte daran denken, wie sie zu ihm gesagt hatte, er habe Angst davor, ein wirkliches Gefühl in sich aufkommen zu lassen, und dann auch, das Schlimmste von allem für ihn, hatte sie zu ihm gesagt, er verstehe nicht wirklich. Das quälte Jefferson immer noch sehr, es verlangte ihn doch so sehr danach, wirklich zu verstehen. Wenn Jefferson nur genauer gewußt hätte, was Melanctha meinte mit dem, was sie sagte. Jefferson hatte immer gedacht, er verstünde etwas von Frauen. Jetzt merkte er, daß er eigentlich nichts wußte. Er wußte nicht das Geringste von Melanctha. Er wußte nicht, wie er es richtig machen sollte. Er fragte sich, ob es nur ein kleines Spiel war, das sie miteinander spielten. Wenn es ein Spiel war, wollte er nicht weiterspielen, aber wenn es stimmte, daß er nicht wirklich verstand und daß er bei Melanctha Herbert wirklich verstehen lernen konnte, dann wollte er, dessen war er ganz sicher, nicht feige sein. Es war sehr schwierig für ihn zu wissen, was er wollte. Er grübelte und grübelte, und immer schien er noch nicht besser zu wissen, was er wollte. Schließlich gab er die Grübelei auf. Er war sich sicher, daß es nur ein Spiel war mit Melanctha. »Nein, ich will bestimmt nicht weiter so mit ihr herumspielen«, sagte er schließlich laut zu sich selbst, als er mit diesen Überlegungen zu Ende war. »Ich will wirklich damit aufhören herumzuspielen und wieder über meine Arbeit nachdenken und über das, was Leuten wie ›Mis‹ Herbert fehlt«, und Jefferson nahm sein Buch aus der Tasche und rückte näher an die Lampe und begann mit einer schwierigen wissenschaftlichen Lektüre.

Jefferson saß ungefähr eine Stunde da und las, und er hatte tatsächlich seinen ganzen Kummer mit Melanctha vergessen. Dann hatte »Mis« Herbert Atembeschwerden. Sie wachte auf und rang keuchend nach Luft. Dr. Campbell ging zu ihr und gab ihr etwas, das ihr helfen würde. Melanctha kam aus dem anderen Zimmer und tat, was er ihr sagte. Gemeinsam machten sie es »Mis« Herbert bequemer und leichter, und bald lag sie wieder in tiefem Schlaf.

Dr. Campbell ging auf die Treppe zurück, wo er gesessen hatte. Melanctha kam und stand ein Weilchen neben ihm, und dann setzte sie sich nieder und beobachtete ihn beim Lesen. Nach und nach begannen sie zu sprechen. Jeff Campbell bekam allmählich das Gefühl, daß vielleicht doch alles ganz anders sei. Vielleicht war es nicht nur ein Spiel mit Melanctha. Auf jeden Fall gefiel es ihm sehr, daß sie bei ihm war. Er fing an, über das Buch zu sprechen, das er gerade las.

Melanctha stellte immer sehr intelligente Fragen. Jefferson wußte jetzt ganz genau, daß sie klug war. Sie fanden es sehr schön, so miteinander zu sprechen. Und dann wurden sie allmählich wieder still.

»Es war wirklich sehr freundlich von Ihnen, zurückzukommen und sich mit mir zu unterhalten«, sagte Jefferson schließlich zu ihr, denn jetzt war er fast sicher, daß sie kein Spiel mit ihm trieb. Melanctha war wirklich eine gute Frau, und sie war klug, und sie hatte eine echte, starke Zärtlichkeit, und sie konnte ihn sicher richtig lehren. »O ich unterhalte mich immer gern mit Ihnen Dr. Campbell«, sagte Melanctha, »und dann waren Sie ja auch nur ehrlich zu mir, und ich mag es immer, wenn ein Mann wirklich ehrlich zu mir ist.« Dann waren sie wieder ganz schweigsam, als sie da beieinandersaßen, mit der Lampe zwischen sich, die dauernd rauchte. Melanctha begann sich ein wenig mehr zu Dr. Campbell zu neigen, dahin, wo er saß, und dann nahm sie seine Hand zwischen ihre beiden Hände und drückte sie stark, aber sie sagte nichts zu ihm. Sie ließ sie dann wieder los und neigte sich noch ein wenig näher zu ihm. Jefferson bewegte sich etwas, tat aber nichts daraufhin. »Gut«, sagte Melanctha schließlich scharf zu ihm. »Ich habe gerade gedacht«, begann Dr. Campbell langsam, »ich habe mich gerade gefragt«, nahm er nochmals einen Anlauf weiterzusprechen. »Hören Sie eigentlich jemals mit Ihrem Denken auf, um auch mal etwas zu fühlen Jeff Campbell«, sagte Melanctha ein wenig traurig. »Ich weiß nicht«, sagte Jeff Campbell langsam, »ich weiß nicht viel darüber Miss Melanctha. Nein, ich höre nicht damit auf, viel zu denken Miss Melanctha, und wenn ich nie etwas fühlen könnte, ohne mit dem Denken aufzuhören, dann fürchte ich wirklich sehr Miss Melanctha, daß ich mich dann nicht viel mit dieser Art Gefühle abgeben werde. Sicher sind Sie nicht böse Miss Melanctha, daß ich die ganze Zeit tatsächlich nicht sehr viel fühle. Ich glaube aber bestimmt, daß ich etwas fühle, Miss Melanctha, wenn ich dabei auch immer nicht weiß, wie ich aufhören soll zu denken.« »Ich fürchte wirklich, ich halte nicht viel von Ihrer Art zu fühlen, Dr. Campbell.« »Nun, ich glaube, da haben Sie sicher unrecht, Miss Melanctha, ich glaube sicher, daß ich für Sie ebensoviel fühle Miss Melanctha, wie Sie für mich fühlen, ganz sicher. Ich glaube nicht, daß Sie mich richtig kennen, wenn Sie so mit mir reden.

Sagen Sie mir ganz offen, wieviel Ihnen an mir liegt Miss Melanctha.« »An Ihnen Jeff Campbell«, sagte Melanctha langsam, »mir liegt bestimmt weniger an Ihnen Jeff Campbell als Sie immer glauben und viel mehr als Sie je wissen werden.«
Jeff Campbell hielt inne, und er schwieg unter dem mächtigen Eindruck von Melancthas Worten. Sie saßen da ganz schweigsam beieinander, eine lange Zeit. »Nun Jeff Campbell«, sagte Melanctha. »Oh«, sagte Dr. Campbell und bewegte sich etwas, und dann waren sie eine lange Zeit sehr still. »Haben Sie mir nichts zu sagen Jeff Campbell?« sagte Melanctha. »Nun ja, worüber haben wir noch gleich gesprochen miteinander? Sehen Sie Miss Melanctha ich bin ein sehr ruhiger schwerfälliger Kerl, und ich bin mir nie sicher, ob ich ganz genau weiß, was Sie mit all dem meinen, was Sie immer zu mir sagen. Aber ich mag Sie sehr gern Miss Melanctha, und ich bin mir ganz sicher, daß Sie immer viel Gutes in sich haben. Sie glauben sicher, was ich Ihnen sage Miss Melanctha.« »Ja ich glaube es, wenn Sie es mir sagen, Jeff Campbell«, sagte Melanctha, und dann schwieg sie, und darin lag viel Traurigkeit. »Ich denke, ich gehe hinein und lege mich wieder hin Dr. Campbell«, sagte Melanctha. »Gehen Sie nicht fort von mir Miss Melanctha«, sagte Jeff Campbell schnell. »War-

um nicht, was wollen Sie von mir Jeff Campbell?« sagte Melanctha. »Nun«, sagte Jeff Campbell langsam, »ich möchte einfach weiter mit Ihnen sprechen. Ich spreche wirklich gern über alles mögliche mit Ihnen. Sie wissen das bestimmt auch Miss Melanctha.« »Ich denke, ich gehe und lege mich wieder hin und lasse Sie hier mit Ihren Gedanken allein«, sagte Melanctha sanft. »Ich bin heute nacht wirklich sehr müde Dr. Campbell. Gute Nacht, ich hoffe, Sie ruhen sich gut aus Dr. Campbell.« Melanctha beugte sich über ihn, da, wo er saß, um gute Nacht zu sagen, und dann, sehr schnell und plötzlich, küßte sie ihn, und dann, wieder sehr schnell, ging sie fort und ließ ihn allein.

Dr. Campbell saß ganz ruhig da, fast ohne nachzudenken, und manchmal stieg ein Gefühl in ihm auf, und er war allein, bis es Morgen wurde, und dann ging er hinauf, und Melanctha half ihm, und er machte »Mis« Herbert das Sterben leichter. »Mis« Herberts Leben schleppte sich noch bis ungefähr zehn Uhr am nächsten Morgen hin, und dann starb sie langsam und ohne viel zu leiden. Jeff Campbell blieb bis zum letzten Augenblick bei Melanctha, um das Sterben ihrer Mutter für sie leichter zu machen. Als alles vorüber war, schickte er die farbige Frau von nebenan herein, damit sie Melanctha half, alles zu regeln, und dann ging er fort, um sich um seine anderen Patienten zu kümmern. Er kam sehr bald zu Melanctha zurück. Er half ihr, ihre Mutter zu beerdigen. Melanctha zog dann zu der gutmütigen Frau, die ihre Nachbarin gewesen war. Melanctha sah Jeff Campbell immer noch sehr oft. Etwas wurde allmählich sehr stark zwischen ihnen.

Melanctha streifte jetzt nie mehr umher, es sei denn, sie war mit Jeff Campbell zusammen. Es gab Zeiten, da streiften sie und er recht viel miteinander umher. Jeff Campbell hatte noch immer die Angewohnheit, ihr die ganze Zeit von allem zu erzählen, was ihn innerlich beschäftigte. Melanctha sagte jetzt nie viel, wenn sie zusammen waren. Manchmal neckte Jeff Campbell sie damit, daß sie nichts zu ihm sagte. »Ich habe wirklich gedacht Melanctha, Sie seien eine große Rednerin nach dem, was Jane Harden und alle mir erzählt haben, und auch weil ich selbst Sie soviel habe reden hören, als ich Sie kennenlernte. Sagen Sie mir ehrlich Melanctha, warum reden Sie jetzt nichts mehr mit mir, vielleicht ist es, weil ich soviel rede und Ihnen keine Gelegenheit gebe, mir etwas zu sagen, oder vielleicht ist es, weil Sie mich soviel reden hören und das viele Reden jetzt nicht mehr so schätzen. Sagen Sie mir offen Melanctha, warum reden Sie nicht mehr mit mir.« »Sie wissen es ganz genau Jeff Campbell«, sagte Melanctha.

»Sie wissen doch bestimmt ganz genau, Jeff, daß Sie im Grunde nicht viel von meinem Reden halten. Sie denken viel mehr über alles nach als ich Jeff, und es kommt Ihnen nicht sehr darauf an, was ich dazu zu sagen habe. Sie wissen, daß das stimmt, was ich sage Jeff, wenn Sie wirklich ehrlich sind, so wie Sie immer sind, wenn ich Sie sehr mag.« Jeff lachte und sah sie liebevoll an. »Ich sage natürlich nicht, Sie hätten nicht recht, wenn Sie so etwas zu mir sagen, Melanctha. Sehen Sie, Sie reden immer gern so, wie Sie glauben, daß die Leute es von Ihnen hören wollen, und wenn Sie das tun, Melanctha, ehrlich, dann habe ich wirklich keine große Lust, Ihnen zuzuhören, aber manchmal sagen Sie etwas, und das ist genau das, was Sie wirklich denken, und dann höre ich Ihnen schrecklich gern zu.« Melanctha lächelte ihn an, mit ihrer großen Zärtlichkeit, und sie war sich ihrer Macht sehr bewußt. »Ich spreche sicher nie sehr viel, wenn ich jemanden wirklich mag, Jeff. Sehen Sie, Jeff, es hat nicht viel Sinn, darüber zu reden, was eine Frau wirklich in sich fühlt. Sie werden das alles besser verstehen, Jeff, nach und nach, wenn Sie anfangen wirklich zu fühlen. Sie werden dann nicht immer so schnell Ihre Worte parat haben. Sie werden schon sehen, Jeff, daß es stimmt, was ich sage.« »Ich sage ja nicht, daß Sie nicht immer recht haben, Melanctha«, sagte Jeff Campbell.

»Vielleicht ist das, was ich mein Denken nenne, überhaupt kein richtiges Verstehen. Ich sage ja nicht, jetzt schon gar nicht mehr, daß Sie nicht recht haben, Melanctha, wenn Sie mir wirklich etwas sagen. Vielleicht werde ich ja alles ganz anders ansehen, wenn ich erst einmal richtig verstehe, was Sie meinen mit dem, was Sie immer zu mir sagen.« »Sie sind immer sehr lieb und gut zu mir, Jeff Campbell«, sagte Melanctha. »Ich bin bestimmt nicht gut zu Ihnen, Melanctha. Belästige ich Sie nicht dauernd mit meinem Gerede, aber ich habe Sie wirklich schrecklich gern, Melanctha.« »Und ich habe Sie gern, Jeff Campbell, und Sie sind wirklich immer Mutter und Vater und Bruder und Schwester und Kind und alles für mich. Ich kann gar nicht sagen, wie gut Sie zu mir waren, Jeff Campbell, ich habe noch nie einen Mann gekannt, der gut war und nicht so häßliche Dinge tat, bis ich Sie traf und Sie sich um mich gekümmert haben, Jeff Campbell. Auf Wiedersehen, Jeff, besuchen Sie mich morgen, wenn Sie mit Ihrer Arbeit fertig sind.« »Sicher, Melanctha, das wissen Sie doch schon«, sagte Jeff Campbell, und dann ging er und ließ sie allein.

Diese Monate waren eine unsichere Zeit für Jeff Campbell. Er wußte nie, wieviel er wirklich von Melanctha wußte. Er sah sie jetzt immer lange und sehr oft. Allmählich mochte er sie immer lieber. Aber es kam ihm nicht so vor, als wenn er sehr viel von ihr wüßte. Allmählich hatte er das Gefühl, daß er wohl auf das Gute in ihr vertrauen könnte. Aber dann, immer wieder, war er sich ihrer im Grunde doch nicht ganz sicher. Melanctha hatte immer wieder so eine Art, die ihn unsicher machte, und doch fühlte er sich ihr so nah. Er dachte jetzt nie mehr in richtigen Begriffen über dieses alles nach. Er ließ jetzt immer den Widerstreit in sich zu. Er ergriff jetzt nie mehr Partei in diesem Kampf, der immer weiterging in ihm.

Jeff war jetzt immer sehr gern mit Melanctha zusammen und ging doch immer sehr ungern zu ihr. Irgendwie hatte er immer Angst, wenn er zu ihr gehen sollte, und doch hatte er sich geschworen, hier nicht feige zu sein. Er spürte nie etwas von dieser Angst, wenn er bei ihr war. Dann waren sie immer sehr offen und vertraut miteinander. Aber immer, wenn Jeff zu ihr gehen wollte, war ihm jeder Zwischenfall willkommen, der ihn noch etwas länger von ihr fernhielt.

Eine sehr unsichere Zeit waren diese ganzen Monate für Jeff Campbell. Er wußte nicht genau, was er eigentlich wollte. Er war sich ganz sicher, daß er nicht genau wußte, was Melanctha wollte. Jeff Campbell war sein ganzes Leben lang immer gern mit anderen zusammengewesen, und er hatte sein ganzes Leben lang immer gern nachgedacht, aber er war immer noch ein großer Junge, dieser Jeff Campbell, und er hatte noch nie vorher so ein eigenartiges Gefühl gehabt. Jetzt, an diesem Abend, als er frei war und Melanctha besuchen konnte, sprach er mit jedem, den er finden konnte, um sich aufhalten zu lassen, und so war es sehr spät, als er endlich zu dem Haus kam, wo Melanctha auf ihn wartete.

Jeff kam herein, wo Melanctha auf ihn wartete, und er legte seinen Hut und seinen schweren Mantel ab und zog dann einen Stuhl heran und setzte sich am Feuer nieder. Es war sehr kalt an diesem Abend, und Jeff saß da und rieb seine Hände und versuchte sie zu wärmen. Er hatte nur »Guten Abend« zu Melanctha gesagt, er hatte noch nicht angefangen, mit ihr zu sprechen. Melanctha saß da am Feuer, ganz still. Die Wärme gab ihrem blaßgelben und anziehenden Gesicht einen schönen rosa Schimmer. Melanctha saß auf einem niedrigen Stuhl, ihre Hände mit den langen, nervösen Fingern, die immer bereit waren, ihre starken Gefühle zu zeigen, lagen ruhig in ihrem Schoß. Melanctha war sehr müde vom Warten auf Jeff Campbell. Sie saß da ganz still und beobachtete ihn nur. Jeff war ein kräftiger, dunkler, gesunder, heiterer Schwarzer.

Seine Hände waren fest und freundlich und leidenschaftslos. Er berührte Frauen mit seinen großen Händen immer wie ein Bruder. Er hatte immer ein warmes breites Leuchten an sich, wie südlicher Sonnenschein. Er hatte nie etwas Geheimnisvolles an sich. Er war offen, er war freundlich, er war heiter, und immer wollte er, wie Melanctha es einst gewollt hatte, immer wollte er jetzt auch wirklich verstehen.
Jeff saß an diesem Abend auf seinem Stuhl und schwieg lange, während er sich an dem angenehmen Feuer wärmte. Er sah Melanctha, die ihn beobachtete, nicht an. Er saß da und sah nur ins Feuer. Zuerst lächelte sein dunkles, offenes Gesicht, und er fuhr sich mit dem schwarzbraunen Handrücken über den Mund, um besser lächeln zu können. Dann dachte er nach, und er runzelte die Stirn und rieb sich kräftig den Kopf, um besser denken zu können. Dann lächelte er wieder, aber nun war sein Lächeln nicht sehr freundlich. Sein Lächeln verzog sich jetzt und wurde fast verächtlich. Sein Lächeln verwandelte sich immer mehr, und dann sah er aus, als sei er zutiefst angewidert. Nun war sein Gesicht dunkler geworden, und er lächelte bitter, und er fing an, ohne vom Feuer aufzusehen, mit Melanctha zu sprechen, die ihn jetzt sehr gespannt beobachtete.
»Melanctha Herbert«, begann Jeff Campbell,

»nach all dieser Zeit, seit ich dich kenne, weiß ich eigentlich wenig von dir. Siehst du, Melanctha, so ist das mit mir«; Jeff runzelte die Stirn vor lauter Nachdenken und angestrengtem Ins-Feuer-Schauen, »siehst du, so ist das nun mal mit mir, Melanctha. Manchmal erscheinst du mir wie eine bestimmte Art von Mädchen, und dann wieder bist du für mich wie ein ganz anderes Mädchen, und diese zwei Arten von Mädchen unterscheiden sich wirklich sehr voneinander, und ich kann nicht verstehen, was sie miteinander zu tun haben und daß sie beide in dir sind. Sie scheinen sicher nicht so zu sein, als könnten sie wirklich etwas miteinander zu tun haben. Manchmal bist du für mich ein Mädchen, dem ich wirklich nie trauen würde, und du hast dann ein so hartes Lachen, es scheppert richtig, und du verhältst dich so schlimm, daß ich kaum glauben kann, du meinst es so, und doch gehört das alles, was ich gerade gesagt habe, wirklich zu dir, so sehe ich dich oft, und so haben dich deine Mutter und Jane Harden immer empfunden, und das schreckt mich auch so davon ab, dir nahezukommen. Und dann manchmal wieder, Melanctha, bist du wirklich ein ganz anderes Wesen, und manchmal erscheint dann etwas in dir, das ist wirklich so etwas wie echte Schönheit. Ich kann wirklich nicht genau sagen, Melanctha, woran es liegt, daß es so wunderschön

ist. Mir scheint, wenn es kommt, hat es echte Anmut, die wunderbarer ist als eine reine Blume, und eine Sanftheit, die zärtlicher ist als der Sonnenschein, und eine Güte, die einem ein Gefühl wie Sommer gibt, und dann ein Wissen, das alles verändert, und all das, und das scheint wirklich echt zu sein, die kleine Weile, die es dauert, die kleine Weile, die ich es wirklich sehe, und es gibt mir das Gefühl, als hätte ich den wahren Glauben gefunden. Und dann, wenn ich ganz erfüllt bin von so einem Gefühl, kommt dieses ganz andere Mädchen wieder, und dann scheint es eher so, als sei dies in Wirklichkeit dein wahres Wesen, und dann habe ich wirklich furchtbare Angst, zu dir zu kommen, und habe wirklich nicht das Gefühl, ich könnte dir besonders vertrauen. Und dann weiß ich wirklich überhaupt nichts von dir, und ich weiß wirklich nicht, welches die eigentliche Melanctha Herbert ist, und ich habe wirklich nicht länger das Gefühl, daß ich noch jemals mit dir reden möchte. Sag mir ehrlich, Melanctha, wie bist du wirklich, wenn du allein bist und echt und ganz ehrlich. Sag es mir, Melanctha, denn ich will es wirklich wissen.«
Melanctha gab ihm keine Antwort, und ohne sie anzusehen, fuhr Jeff nach einer kleinen Pause mit Reden fort. »Und dann, Melanctha, scheinst du manchmal irgendwie grausam zu sein, und es

scheint dir egal zu sein, ob Menschen verletzt werden oder in Bedrängnis sind, etwas so Hartes hast du manchmal an dir, daß es mir manchmal richtig Angst macht, manchmal irgendwie so als ob du immer so warst, wie du auch zu ›Mis‹ Herbert warst. Du hast sicher alles getan, was eine Frau nur tun konnte, Melanctha, ich habe bestimmt nie jemanden gesehen, der das besser gemacht hätte, und doch, ich weiß nicht, wie ich es sagen soll, was ich meine, Melanctha, aber da war etwas so schrecklich Hartes in deinem Empfinden, so anders als das Empfinden, das ich sonst bei guten Menschen erlebe, und genau das haben auch Jane Harden und ›Mis‹ Herbert gesagt, wenn sie das Bedürfnis hatten, von dir zu sprechen, und doch, Melanctha, irgendwie fühle ich mich dir wirklich so nahe, und du hast wirklich eine ganz wunderbare, starke Zärtlichkeit. Ich wüßte wirklich gern ganz sicher, Melanctha, ob ich wirklich vor etwas Angst haben muß. Ich habe wirklich mal gedacht, Melanctha, ich verstünde etwas von Frauen. Ich weiß jetzt ganz sicher, daß ich von dir überhaupt nichts sicher weiß, Melanctha, obwohl ich schon so lange mit dir zusammen bin und so viele Male ganze Stunden bei dir war, und ich bin so furchtbar gern bei dir, und ich kann dir immer alles sagen, was ich denke. Wirklich, ich wünschte so sehr, Melanctha, ich

verstünde tatsächlich mehr. Ich wünsche das wirklich, Melanctha.«
Jeff brach jetzt ab und sah noch angestrengter ins Feuer als vorher. Sein Gesicht nahm beim Nachdenken wieder einen Ausdruck an, als sei er durch und durch angewidert von dem, was er gerade gedacht hatte. Er saß eine lange Zeit ganz still, und dann, langsam, irgendwie spürte er, wie Melanctha Herbert da neben ihm zitterte und alles als sehr bitter empfand. »Aber, Melanctha«, rief Jeff Campbell, und er stand auf und legte seinen Arm um sie wie ein Bruder. »Ich habe es so lange ausgehalten, wie ich es ertragen konnte, Jeff«, schluchzte Melanctha, und dann überließ sie sich ihrem Elend, »ich war so sehr bereit, Jeff, dich alles sagen zu lassen, was du wolltest, was dir irgendwie gefiel. Du konntest alles über mich sagen, was du wolltest, Jeff, und ich wollte versuchen es auszuhalten, so wie du es sicher gern haben würdest, Jeff, aber du warst so grausam zu mir. Wenn du auf diese Weise ausprobieren willst, wie sehr du eine Frau leiden machen kannst, solltest du ihr zwischendurch eine kleine Ruhepause gönnen, Jeff. Keine kann das auf die Dauer aushalten, Jeff. Ich habe es bestimmt so lange ausgehalten, wie ich nur konnte, damit es dir gefällt, aber ich – oh Jeff, du hast es zu weit getrieben heute abend, Jeff. Ich hätte es nicht eine Minute länger aus-

halten können, so wie du es getan hast, Jeff. Wenn du verstehen willst, wie eine Frau wirklich ist, Jeff, solltest du nie so grausam sein, nie denken, wieviel sie wohl aushalten kann, bei dieser Härte, mit der du es immer tust, Jeff.«

»Aber, Melanctha«, rief Jeff Campbell voller Entsetzen, und dann war er sehr zärtlich zu ihr, und wie ein guter, starker, sanfter Bruder beruhigte er sie. »Aber, Melanctha du Liebe, ich verstehe jetzt wirklich nicht, was du meinst mit dem was du gerade zu mir gesagt hast. Aber, Melanctha, du armes kleines Mädchen, du hast doch bestimmt nie geglaubt, ich hätte je gewußt, daß ich dir richtiges Leid zugefügt habe. Aber Melanctha, wie konntest du mich überhaupt gern haben, wenn du gedacht hast, ich könnte jemals genauso sein wie eine Rothaut?« »Ich wußte es einfach nicht, Jeff«, und Melanctha schmiegte sich an ihn, »ich wußte wirklich einfach nie, was du eigentlich mit mir vorhast, aber ich wollte wirklich, daß du alles tust, was dir gefällt, alles was du willst, damit ich mehr Verständnis für dich bekomme. Ich habe mich so furchtbar bemüht, es auszuhalten, Jeff, damit du mit mir machen kannst, was du willst.« »Guter Gott und Jesus Christus, Melanctha!« rief Jeff Campbell. »Ich werde mich sicher nie richtig in dir auskennen, Melanctha, du armes kleines Mädchen«, und Jeff zog sie näher an sich, »aber ich bewundere dich wirklich und habe jetzt ganz großes Vertrauen zu dir, Melanctha. Das habe ich wirklich, denn ich wußte wirklich nicht, daß ich dich überhaupt damit verletzen konnte, Melanctha, mit dem, was ich immer zu dir gesagt habe. Melanctha, du armes kleines, süßes, zitterndes Kind, sei gut, Melanctha. Ich kann dir wirklich gar nicht sagen, wie schrecklich leid mir das tut, dir so weh zu tun, Melanctha. Ich tue alles, was ich kann, um dir zu zeigen, daß ich niemals die Absicht hatte, dir weh zu tun, Melanctha.« »Ich weiß, ich weiß«, flüsterte Melanctha und klammerte sich an ihn. »Ich weiß, du bist ein guter Mann, Jeff. Ich weiß das immer, egal, wie sehr du mir auch weh tust.« »Ich verstehe wirklich nicht, wie du so denken kannst, Melanctha, wenn du wirklich dachtest, ich sei darauf aus gewesen, dich einfach zu verletzen.« »Still, du bist noch immer ein ganz großer Junge, Jeff Campbell, und du weißt noch nicht, was richtiges Verletzen ist«, sagte Melanctha und lächelte zu ihm auf, während sie noch weinte. »Siehst du, Jeff, ich habe nie einen gekannt, bei dem ich das konnte, ihn wirklich gut kennen und doch weiter achten, bis ich dich richtig kennengelernt habe, Jeff.« »Das verstehe ich allerdings nicht ganz, Melanctha. Ich bin kein bißchen besser als die meisten anderen Farbigen. Du hast sicher nur Pech gehabt mit denen, die du vor mir kennengelernt hast, das ist alles, Melanctha. Ich bin sicher nicht sehr gut, Melanctha.« »Still, Jeff, du weißt überhaupt nicht, was du bist«, sagte Melanctha. »Vielleicht hast du recht, Melanctha. Ich sage nie wieder, du hättest nicht recht, wenn du mir etwas sagst, Melanctha«, und Jefferson seufzte, und dann lächelte er, und dann waren sie eine lange Zeit still, und dann, nach einigen weiteren liebevollen Worten, war es spät, und dann verließ Jeff sie.

Jeff Campbell hatte in diesen ganzen Monaten nie seiner guten Mutter etwas von Melanctha erzählt. Irgendwie behielt er seine jetzt so häufigen Besuche bei ihr immer für sich. Auch Melanctha hatte noch keinen von ihren anderen Freunden mit ihm zusammengebracht. Sie verhielten sich immer, diese beiden, als wenn ihr häufiges Zusammensein ein Geheimnis wäre, aber eigentlich gab es niemanden, der es ihnen schwergemacht hätte. Jeff Campbell wußte eigentlich nicht, wie es gekommen war, daß sie so heimlich taten. Er wußte nicht, ob Melanctha es so wollte. Jeff hatte überhaupt nie mit ihr darüber gesprochen. Es schien nur so, als hätten sie vereinbart, daß niemand wissen sollte, daß sie so oft zusammen waren. Es schien wirklich, als sei es zwischen ihnen abgesprochen, daß sie immer für sich allein bleiben sollten, um so gemeinsam

herauszufinden, was sie meinten mit dem, was sie immer zueinander sagten.
Jefferson erzählte Melanctha oft von seiner guten Mutter. Er sagte nie etwas davon, ob Melanctha sie kennenlernen wollte. Jefferson verstand nie ganz, warum das alles so gekommen war, so heimlich. Er wußte eigentlich nie, was Melanctha wirklich wollte. Bei alldem tat er einfach instinktiv, was Melanctha seinem Gespür nach wollte. Und so waren sie weiterhin allein und sehr häufig zusammen, und jetzt war der Frühling gekommen, und jetzt hatten sie die Welt draußen zum Umherstreifen.
Es gab jetzt viele Tage, an denen sie sehr glücklich waren. Jeff merkte jeden Tag, daß Melanctha ihm jetzt wirklich besser gefiel. Nun erwachte sicherlich ein echtes, tiefes Gefühl in ihm. Er sprach sich immer noch gern bei Melanctha aus, und er erzählte ihr gern, wie gut dies alles für ihn sei und wie gern er immer bei ihr sei und ihr immer alles darüber erzähle. Eines Tages, bestimmte Jeff nun, an diesem Sonntag würden sie hinausgehen und einen glücklichen, langen Tag in den leuchtenden Wiesen verbringen und den ganzen Tag ganz allein miteinander sein. Einen Tag vorher wurde Jeff zu Jane Harden gerufen.
Jane Harden ging es fast den ganzen Tag sehr schlecht, und Jeff Campbell tat alles, was er

konnte, damit sich ihr Zustand besserte. Nach einer Weile erholte sich Jane, und dann fing sie an, zu Jeff über Melanctha zu sprechen. Jane wußte nicht, wie oft Jeff Melanctha jetzt sah. Jane sah Melanctha in dieser Zeit gar nicht. Jane begann von der Zeit zu erzählen, als sie Melanctha kennenlernte. Jane begann zu erzählen, wie wenig Melanctha in jenen Tagen noch verstanden hatte. Sie war jung gewesen damals und klug. Jane Harden würde nie sagen, Melanctha sei nicht klug, aber in jener Zeit hatte Melanctha bestimmt noch nicht viel verstanden. Jane begann, Jeff Campbell zu erklären, wie sie, Jane, Melanctha in allem unterrichtet hatte. Dann erklärte Jane, wie begierig Melanctha immer auf dieses ganze Lernen gewesen war. Dann erzählte Jane Harden, wie sie umhergestreift waren. Dann erzählte Jane, wie Melanctha sie früher einmal geliebt hatte, sie, Jane Harden. Dann begann Jane Jeff im einzelnen zu erzählen, wie schlecht Melanctha sie behandelt hatte. Dann erzählte Jane alles, was sie über Melanchthas spätere Lebensweise wußte, nachdem diese sie verlassen hatte. Dann erzählte Jane alles über die verschiedenen Männer, die weißen und die schwarzen, Melanctha sei nie wählerisch gewesen in diesen Dingen, sagte Jane Harden nebenbei, nicht, daß Melanctha schlecht sei, und sie sei ja auch klug, Jane Harden würde nie sagen, daß sie das nicht sei, aber Melanctha habe eben immer gern all die Wege zum Verstehen genutzt, die Jane sie gelehrt hatte, und so habe sie auch immer alles wissen wollen, was die Männer sie lehren konnten.

Jane brachte Jeff Campbell allmählich dazu, viel klarer zu sehen. Jane Harden wußte nicht, was sie mit diesem ganzen Gerede eigentlich anrichtete. Jane wußte nicht, was Jeff empfand. Jane war immer offen, wenn sie sprach, und jetzt hatte es sich einfach so ergeben, daß sie ins Erzählen gekommen war über die alten Zeiten mit Melanctha Herbert. Jeff verstand sehr wohl, daß alles stimmte, was Jane sagte. Jeff Campbell begann jetzt ganz klar zu sehen. Er begann sich innerlich sehr elend zu fühlen. Er wußte jetzt vieles, was Melanctha ihn noch nicht gelehrt hatte. Er fühlte sich sehr elend, und sein Herz war sehr schwer, und Melanctha erschien ihm wirklich sehr abstoßend. Jeff begann jetzt endlich zu verstehen, was es bedeutete, etwas tief zu empfinden. Er kümmerte sich noch etwas um Jane Harden, und dann ging er zu seinen anderen Patienten, und dann ging er nach Hause in sein Zimmer, und er setzte sich hin, und endlich hörte er auf zu denken. Er war sehr elend, und das Herz war ihm sehr schwer. Er war sehr müde, und die ganze Welt war sehr trostlos für ihn, und er wußte jetzt endlich ganz genau, daß er wirklich fühlen konnte. Er erkannte es jetzt an der Art, wie es ihn verletzte. Er wußte sehr wohl, daß er jetzt endlich anfing, wirklich zu verstehen. Den nächsten Tag hatte er damit verbringen wollen, lange und glücklich und ganz allein mit Melanctha durch die Frühlingswiesen zu streifen. Er schrieb ihr einen kurzen Brief und sagte darin, er könne nicht kommen, er habe einen sehr kranken Patienten, und er müßte bei ihm bleiben. Drei Tage lang meldete er sich nicht bei Melanctha. Er war sehr elend in diesen Tagen, und das Herz war ihm sehr schwer, und er wußte sehr wohl, daß er jetzt endlich erfahren hatte, was es bedeutete, etwas tief zu empfinden.

Schließlich erhielt er eines Tages einen Brief von Melanctha. »Ich kann wirklich nicht verstehen, was du jetzt wieder mit mir machst Jeff Campbell«, schrieb Melanctha Herbert. »Ich kann wirklich nicht verstehen Jeff Campbell warum du diese ganzen Tage nicht bei mir warst, aber ich nehme an das ist sicher einfach wieder deine seltsame Art gut zu sein und plötzlich alles zu bereuen. Ich kann wirklich nicht sagen Jeff Campbell daß ich deine Art gut zu sein sehr bewundere Jeff Campbell. Es tut mir leid Dr. Campbell, aber ich fürchte wirklich ich kann mir das nicht länger von dir gefallen lassen wie du dich jetzt verhalten hast. Ich kann es wirklich nicht mehr aushalten wie du dich verhältst wenn du einmal so tust als wenn du dächtest ich wäre so gut, daß mich jeder gern bei sich hätte, und dich dann wieder verhältst als wenn ich schlecht wäre und du mich immer nur verachten müßtest. Ich fürchte wirklich Dr. Campbell, ich kann mir das so nicht mehr gefallen lassen. Ich kann es wirklich nicht mehr aushalten wie du dich immer wieder änderst. Ich fürchte wirklich Dr. Campbell du bist nicht Manns genug um jemanden zu verdienen der dich so mag, daß er immer bei dir sein will. Ich fürchte wirklich sehr Dr. Campbell daß ich dich nie mehr sehen will. Leb wohl Dr. Campbell ich wünsche dir daß du immer wirklich glücklich bist.«

Jeff Campbell saß eine lange Zeit ganz still in seinem Zimmer, nachdem er diesen Brief gelesen hatte. Er saß ganz still, und anfangs war er sehr zornig. Als wenn er es nicht auch schmerzlich erfahren hätte, was es bedeutete, heftig zu leiden. Als wenn er nicht beharrlich bei Melanctha geblieben wäre, als er gar nie wußte, was sie eigentlich wollte. Er wußte, daß er sehr recht hatte mit seinem Zorn, er wußte, daß er wirklich nicht feige gewesen war. Er wußte, daß Melanctha vieles getan hatte, was er ihr nur sehr schwer verzeihen konnte. Er wußte ganz genau, er hatte sein Bestes getan, um freundlich zu sein, um ihr zu vertrauen, um zu ihr zu halten, und jetzt; –

und dann erinnerte sich Jeff plötzlich, wie sehr Melanctha eines Abends gelitten hatte, und er fühlte, wie ihre Zärtlichkeit zu ihm zurückkam, und dann erkannte Jeff, daß er ihr eigentlich immer verziehen hatte und daß eigentlich alles nur so war, weil es ihm so leid tat, daß er sie verletzt hatte, und er wollte sich sofort aufmachen und sie trösten. Jeff wußte sehr wohl, daß das, was Jane Harden ihm über Melanctha und ihre schlechte Lebensweise erzählt hatte, eine wahre Geschichte war, und doch hatte er ein starkes Verlangen danach, bei Melanctha zu sein. Vielleicht konnte sie ihn lehren, es wirklich besser zu verstehen. Vielleicht konnte sie ihn lehren, wie all das stimmte und wie er trotzdem recht tat, an sie zu glauben und ihr zu vertrauen.

Jeff setzte sich hin und begann einen Antwortbrief an sie. »Liebe Melanctha«, schrieb Jeff an sie. »Ich glaube sicher nicht, daß du alles richtig verstanden hast in dem Brief, den du mir eben geschrieben hast und den ich eben gelesen habe. Ich glaube sicher nicht, daß du ganz fair oder besonders verständnisvoll bist bei allem, was ich durchmachen muß, um immer weiter wirklich an dich zu glauben und dir zu vertrauen. Ich glaube sicher nicht, daß du so fair bist und dich immer darauf besinnst, wie schwer es für einen Mann ist, der so denkt, wie ich schon immer gedacht habe, nicht daran zu denken, daß du sehr oft sehr schlimme Dinge tust. Ich glaube sicher nicht, Melanctha, daß ich nicht recht hatte mit meinem Zorn, als ich deinen Brief an mich bekam. Ich weiß ganz genau, Melanctha, daß ich bei dir nie feige war. Ich finde es sehr schwer, und ich habe es nie anders gesagt, es ist sehr schwer für mich, zu verstehen und richtig zu erkennen, was du gewollt hast und was du meinst mit dem, was du immer zu mir sagst. Ich sage ja keineswegs, daß es für dich nicht sehr schwer zu ertragen wäre, daß ich dir nicht so schnell folge, wohin du mich auch immer führst. Du weißt sehr gut, Melanctha, daß es mich selbst innerlich sehr schmerzt, wenn ich dir weh tun muß, aber ich mußte immer ganz ehrlich zu dir sein. Ich kann nicht anders zu dir sein, und ich weiß sehr wohl, daß es mich auch ungeheuer schmerzt, wenn ich dir nicht so schnell folgen kann, wie du es haben möchtest. Ich möchte nicht gern feige bei dir sein, Melanctha, und ich möchte dir nichts sagen, was ich nicht auch meine. Und wenn du nicht willst, daß ich aufrichtig bin, Melanctha, dann kann ich eben gar nicht mehr mit dir reden, und dann hast du recht, wenn du sagst, du wolltest mich nie wiedersehen, aber wenn du wirklich gespürt hast, was ich immer für dich gefühlt habe, und wenn du je gespürt hast, wie sehr ich mich bemüht habe, zu denken und zu fühlen, wie es für dich

richtig ist, dann würde ich mich sehr freuen, dich zu besuchen und mit dir einen neuen Anfang zu machen. Ich sage jetzt nichts darüber, Melanctha, wie schlecht es mir diese Woche ging, seit ich dich das letztemal gesehen habe, Melanctha. Es tut nie gut, über solche Dinge zu sprechen. Alles, was ich weiß, ist, daß ich mein Bestes für dich tue, Melanctha, und ich sage nie, niemals, daß ich etwas anderes kann als einfach ehrlich zu sein und so schnell, wie ich es für mich richtig finde, zu befolgen, was du mich lehrst, um wirklich zu verstehen. So sag nicht mehr solchen Unsinn, Melanctha, daß ich mich dauernd änderte. Ich ändere mich nicht, nie, und ich muß das tun, was in meinen Augen richtig und ehrlich ist, und ich habe dir nie etwas anderes gesagt, und du wußtest immer ganz genau, daß ich es genauso machen würde. Wenn du möchtest, daß ich morgen zu dir komme und mit dir ausgehe, würde ich mich sehr freuen, Melanctha. Laß mich gleich wissen, was du willst, das ich für dich tun soll, Melanctha.
Dein sehr ergebener
Jefferson Campbell.«
»Bitte komm zu mir, Jeff«, schrieb Melanctha als Antwort zurück. Jeff ging ganz langsam zu Melanctha, froh wie er war, wieder zu ihr gehen zu können. Melanctha kam ihm ganz schnell entgegen, als sie ihn von da erblickte, wo sie

nach ihm ausgeschaut hatte. Sie gingen zusammen ins Haus. Sie waren sehr froh, zusammenzusein. Sie waren sehr gut zueinander.

»Ich habe wirklich geglaubt, Melanctha, diesmal fast sicher, du wolltest überhaupt nicht mehr, daß ich noch zu dir komme«, sagte Jeff Campbell zu ihr, als sie wieder angefangen hatten, miteinander zu sprechen. »Du hast mich wirklich so weit gebracht, Melanctha, daß ich dachte, diesmal sei vielleicht tatsächlich alles aus für immer, mein Zusammensein mit dir, und ich war sehr wütend und auch sehr traurig, Melanctha.«

»Nun du warst wirklich sehr schlecht zu mir, Jeff Campbell«, sagte Melanctha zärtlich.

»Ich werde bestimmt nie wieder sagen, daß du nicht immer recht hast, Melanctha«, erwiderte Jeff, und ihm war jetzt ganz nach fröhlichem Lachen zumute, »ich werde das bestimmt nie wieder sagen, Melanctha, wenn ich es weiß, aber trotzdem, wirklich, Melanctha, ehrlich, ich glaube, ich war vielleicht gar nicht so schlecht zu dir, nicht schlechter, als du es eben von mir gebraucht hast.« Jeff hielt Melanctha in seinen Armen und küßte sie. Dann seufzte er und schwieg mit ihr. »Nun, Melanctha«, sagte er schließlich und lachte wieder leicht, »nun, Melanctha, du kannst jedenfalls nie sagen, wenn wir je wirklich für immer gute Freunde werden, du kannst nie, niemals sagen, daß wir uns nicht beide wirklich richtig hart dafür angestrengt hätten, so daß wir es sicher verdient haben, wenn wir es je wirklich schaffen.« »Wir haben uns wirklich sehr angestrengt, Jeff, ich kann nicht sagen, daß es nicht genauso ist, wie du sagst«, sagte Melanctha. »Ich kann das wirklich nicht leugnen, Jeff, wo ich doch so erschöpft bin von all dem Kummer, den du mir gemacht hast, du böser Junge, Jeff«, und dann lächelte Melanctha, und dann seufzte sie, und dann schwieg sie mit ihm. Schließlich mußte Jeff gehen. Sie standen lange auf der Treppe und versuchten, einander auf Wiedersehen zu sagen. Endlich zwang Jeff sich dazu, es wirklich zu sagen. Endlich zwang er sich dazu, die Stufen hinabzusteigen und fortzugehen.

Am nächsten Sonntag, so verabredeten sie, wollten sie nun den langen glücklichen Tag zusammen mit Umherstreifen verbringen, der ihnen beim letztenmal durch Jane Hardens Gerede verloren gegangen war. Nicht daß Melanctha Herbert schon von Jane Hardens Gerede gehört hätte.

Jeff sah Melanctha jetzt jeden Tag. Jeff war innerlich ein wenig unsicher während dieser ganzen Zeit, denn er hatte Melanctha bis jetzt noch gar nicht erzählt, was ihn beinahe zu der Absicht verleitet hätte, sie wirklich zu verlassen.

Jeff war sich dessen bewußt, es wäre nicht recht, wenn er es ihr nicht erzählen würde. Er wußte, sie konnten erst wirklich Frieden miteinander haben, nachdem er offen zu ihr gewesen war und es ihr tatsächlich erzählt hatte. An diesem langen Sonntag würde Jeff es ihr, dessen war er sicher, wirklich erzählen.
Sie waren den ganzen Tag sehr glücklich beim Umherstreifen. Sie hatten sich etwas zu essen mitgenommen. Sie saßen auf den hellen Wiesen, und sie waren glücklich, sie streiften durch die Wälder, und sie waren glücklich. Jeff fand es immer schön, so umherzustreifen. Jeff beobachtete immer gern, wie alles wuchs, und er liebte all die Farben an den Bäumen und auf der Erde und die kleinen, jungen, glänzend farbigen Käfer, die er auf der feuchten Erde fand und im Gras, auf dem er so gern lag und in dem er immer so eifrig forschte. Jeff liebte alles, was sich bewegte und still war und was Farbe hatte und Schönheit und wirkliches Leben.
Jeff liebte diesen Tag sehr, während sie umherstreiften. Er vergaß fast, daß er noch eine Sorge in sich trug. Jeff war gern da draußen mit Melanctha Herbert. Sie war immer so einfühlsam in ihrer Art, wie sie ihm zuhörte bei allem, was er herausfand und ihr erzählte, in ihrer Art, wie sie seine Freude an diesem ganzen Dasein mitempfand, in ihrer Art, wie sie nie sagte, sie

wolle etwas anders haben als so, wie sie es hatten. Es war wirklich ein erfüllter und ein glücklicher Tag, dieser ihr erster langer Tag, an dem sie richtig umherstreiften.
Später waren sie müde, und Melanctha setzte sich auf die Erde, und Jeff warf sich in seiner ganzen Länge neben sie. Jeff lag ganz still, und dann drückte er ihre Hand und küßte sie und sagte ganz leise zu ihr: »Du bist wirklich sehr gut zu mir, Melanctha.« Melanctha fühlte das ganz tief und antwortete nicht. Jeff lag lange so da und schaute in den Himmel. Er zählte all die kleinen Blätter, die er über sich sah. Er folgte mit den Augen all den kleinen Wolken, wie sie über ihn hinwegsegelten. Er beobachtete all die Vögel, die hoch über ihm dahinflogen, und die ganze Zeit wußte Jeff, daß er Melanctha sagen mußte, was er jetzt wußte, das, was Jane Harden ihm genau vor einer Woche erzählt hatte. Er wußte sehr wohl, daß es schon für ihn feststand, daß er es sagen mußte. Es war schwer, aber der einzige Weg für Jeff Campbell, es loszuwerden, war der, es zu sagen, der einzige Weg, Melanctha wirklich kennenzulernen, war der, ihr zu sagen, wie er darum gerungen hatte, sie kennenzulernen, es ihr zu sagen, damit sie ihm helfen konnte, seine Schwierigkeiten besser zu verstehen, damit sie ihm half, so daß er nie wieder Anlaß fände, an ihr zu zweifeln.

Jeff lag lange so da, ganz still, und schaute immer in den Himmel und fühlte sich doch Melanctha ganz nah. Schließlich drehte er sich etwas zu ihr, nahm ihre Hände fester in die seinen, um stärker zu fühlen, und dann, ganz langsam, denn die Worte fielen ihm sehr schwer, langsam begann er zu ihr zu sprechen.

»Melanctha«, begann Jeff ganz langsam, »Melanctha, es wäre nicht recht, wenn ich dir nicht erklären würde, warum ich letzte Woche fortblieb und beinahe nie wieder die Möglichkeit gehabt hätte, dich wiederzusehen. Jane Harden war krank, und ich ging zu ihr, um nach ihr zu sehen. Sie erzählte auf einmal alles, was sie von dir wußte. Sie wußte nicht, wie gut ich dich jetzt kenne. Ich habe ihr nicht gesagt, sie solle nicht weiterreden. Ich hörte ihr zu, wie sie alles von dir erzählte. Es hat mich wirklich sehr belastet, was sie mir da erzählte. Ich weiß, sie hat die Wahrheit gesagt in allem, was sie von dir sagte. Ich wußte, daß du sehr frei warst in deiner Lebensweise, Melanctha, ich wußte, daß du dir gern aufregende Erlebnisse verschafft hast, wie ich es bei den Farbigen immer so hasse. Ich wußte nicht, bis ich es von Jane Harden hörte, daß du so schlimme Sachen gemacht hast, Melanctha. Als mir Jane Harden davon erzählte, wurde mir ganz elend, Melanctha. Ich konnte den Gedanken kaum ertragen, daß ich vielleicht auch nur einer von vielen für dich war, Melanctha. Ich hatte vielleicht unrecht, dir nicht zu vertrauen, Melanctha, aber vieles stieß mich so ab. Ich versuche, ehrlich zu dir zu sein, Melanctha, so wie du sagst, daß du es auch eigentlich von mir erwartest.«

Melanctha zog ihre Hände von Jeff Campbell weg. Sie saß da, und in ihrem Zorn lag tiefe Verachtung.

»Wenn du nicht so durch und durch egoistisch wärst und weiter nichts, Jeff Campbell, hättest du dich gehütet, mir solche Sachen zu erzählen, Jeff Campbell.«

Jeff schwieg einen Augenblick, und er wartete, ehe er antwortete. Es war nicht die Macht in Melancthas Worten, die ihn zurückhielt, denn darauf hatte er eine Antwort, es war die Macht der Stimmung, die Melanctha erfüllte, und darauf hatte er keine Antwort. Endlich durchbrach seine langsam kämpfende Entschlossenheit diese Scheu, und er begann mit seiner Antwort.

»Ich sage ja gar nicht, Melanctha«, begann er, »daß es nicht richtiger gewesen wäre, wenn ich Jane Harden das Wort abgeschnitten hätte und zu dir gekommen wäre, um mir von dir erzählen zu lassen, wie du warst, als ich dich überhaupt noch nicht kannte. Ich sage ja gar nicht, daß das nicht der richtige Weg für mich gewesen wäre, Melanctha. Aber ich habe wirklich nicht den geringsten Zweifel daran, ich weiß ganz sicher, daß es mein gutes Recht war zu erfahren, wie du warst und wie du gelebt hast und wie du versucht hast, dein Wissen auf jede nur mögliche Weise anzuwenden, um deine Erfahrungen zu machen. Ich hatte bestimmt ein Recht, so etwas über dich zu wissen, Melanctha. Ich sage ja gar nicht, Melanctha, und das sage ich immer wieder, ich sage ja gar nicht, daß ich Jane Harden nicht das Wort hätte abschneiden sollen und zu dir kommen und dich selbst bitten sollen, mir alles darüber zu sagen, aber ich vermute, ich wollte mich davor bewahren, daß es mich noch viel mehr getroffen hätte, es dich selbst sagen zu lassen. Vielleicht wollte ich dich davor bewahren, daß es dich noch viel mehr verletzt hätte, wenn du es mir selbst hättest sagen müssen. Ich weiß es nicht, ich sage nicht, es war so, um dich davor zu schützen, am meisten verletzt zu werden, oder um mich davor zu schützen. Vielleicht war es feige von mir, Jane Harden reden zu lassen anstatt sofort zu dir zu gehen und dich erzählen zu lassen, aber ich bin wirklich sicher, Melanctha, daß ich wirklich ein Recht darauf hatte, so etwas über dich zu erfahren. Ich werde nie, niemals sagen, Melanctha, daß es nicht mein gutes Recht war, so etwas über dich zu erfahren.« Melanctha lachte ihr hartes Lachen. »Du hättest dir darüber keine Gedanken zu machen brauchen, Jeff Campbell, ob du mich hättest fragen sollen. Du hättest ruhig fragen können, es hätte keinem weh getan. Ich hätte dir ganz bestimmt nichts erzählt.« »Da bin ich nicht so sicher, Melanctha«, sagte Jeff Campbell. »Ich glaube ganz bestimmt, daß du es mir erzählt hättest. Ich glaube ganz bestimmt, ich hätte dich davon überzeugen können, daß es richtig wäre, es mir zu erzählen. Ich glaube ganz bestimmt, das einzige, was ich falsch gemacht habe, ist, daß ich Jane Harden reden ließ. Ich weiß ganz bestimmt, daß ich nichts Unrechtes damit getan habe, daß ich erfahren habe, was sie mir erzählt hat. Ich weiß genau, Melanctha, wenn ich hier zu dir gekommen wäre, hättest du mir alles erzählt, Melanctha.«

Er schwieg, und dieser Kampf stand mächtig zwischen ihnen. Es war ein Kampf, der sicher zwischen ihnen immer weitergehen würde. Es war ein Kampf, der ebenso sicher zwischen ihnen immer weitergehen würde, wie ihre Herzen und ihr Verstand immer verschieden reagieren würden.

Endlich nahm Melanctha seine Hand, neigte sich über ihn und küßte ihn. »Ich mag dich wirklich sehr, Jeff Campbell«, flüsterte Melanctha.

Jetzt gab es eine kurze Zeitlang keine Konflikte mehr zwischen Jeff Campbell und Melanctha

Herbert. Sie waren jetzt immer lange und sehr oft zusammen. Sie hatten jetzt beide viel Freude daran, die ganze Zeit zusammenzusein.

Es war jetzt Sommer, und die Sonne schien warm, wenn sie umherstreiften. Es war jetzt Sommer, und Jeff Campbell hatte mehr Zeit zum Umherstreifen, denn die Farbigen werden nicht so häufig krank im Sommer. Es war jetzt Sommer, und eine liebliche Stille war überall, und auch alle Geräusche, die sie ringsum hörten, waren lieblich, und zu der Freude an diesen warmen Tagen kam noch hinzu, daß sie so gern zusammen waren.

Sie sprachen über manches miteinander in diesen Tagen, diese beiden, Jeff Campbell und Melanctha Herbert, aber immer mehr sprachen sie in diesen Tagen so, wie es Liebespaare immer tun. Jeff sprach jetzt nicht mehr soviel über das, was er früher immer gedacht hatte. Manchmal war es Jeff, als wenn er eben erst aufwachte, um sich bei Melanctha zu finden, und dann entdeckte er, daß er eigentlich schon die ganze Zeit bei ihr gewesen war und daß er es eigentlich gar nicht nötig gehabt hätte, sich irgendwelche Gedanken zu machen.

Es war manchmal eine reine Freude, was Jeff Melanctha erzählte an diesen warmen Tagen, an denen er so gern mit ihr umherstreifte. Manchmal verlor sich Jeff ganz an ein starkes Gefühl.

Sehr oft und mit immer größerer Freude an seinem Gefühl merkte er jetzt, daß er nicht wußte, wie oder was er gedacht hatte. Und Melanctha ließ ihn das immer sehr gern fühlen. Sie lachte jetzt immer ein wenig über ihn und erinnerte ihn an sein dauerndes Nachdenken früher, und sie neckte ihn damit, daß er jetzt durch sein neues Gefühl immer so gut mit ihr umging, und dann gab sie ihm gut und frei und mit ihrer reinen starken Zuwendung all die Liebe, die er, das wußte sie jetzt sehr wohl, eigentlich immer schon hatte besitzen wollen.

Und Jeff nahm das jetzt einfach an, und er liebte es, und er fühlte stark die Freude dieses ganzen Daseins, und sie wuchs groß in ihm, und er strömte sie wieder aus zu ihr in Freiheit, in zarter Güte und in Freude und in sanfter brüderlicher Zärtlichkeit. Und Melanctha liebte ihn jetzt immer dafür, ihren Jeff Campbell, der nie etwas tat, was sie abstieß, wie es alle Männer, die sie früher kannte, immer getan hatten. Und es gefiel ihnen immer besser zusammen, mit diesem neuen Gefühl, das sie nun hatten, an diesen langen warmen Sommertagen; sie, jetzt immer zusammen, nur diese zwei, die einander so liebten und es immer noch mehr taten, und die Sommerabende, wenn sie umherstreiften, und die Geräusche in den vollen Straßen und die Drehorgelmusik und das Tanzen und der warme Geruch von den Menschen und von Hunden und von den Pferden und die ganze Freude des schweren, süß-scharfen, schmutzigen, feuchten, warmen südlichen Negersommers.

Jeden Tag schien Jeff nun der wirklichen Liebe näherzukommen. Jeden Tag strömte Melanctha sie nun mit größerer Freiheit an ihn aus. Jeden Tag schienen sie nun, beide zusammen, immer mehr von diesem starken, echten Gefühl zu haben. Immer mehr jeden Tag schienen sie nun sicherer zu wissen, was der andere jederzeit fühlte. Immer mehr jeden Tag spürte Jeff nun, daß er größeres Vertrauen hatte. Immer mehr jeden Tag gab er es nun auf, in Begriffen über das nachzudenken, was er immer tat. Jeden Tag immer mehr offenbarte Melanctha Jeff nun ihr echtes, starkes Gefühl.

Eines Tages war viel Freude zwischen ihnen gewesen, mehr als sie je gehabt hatten durch ihr neues Gefühl. Den ganzen Tag waren sie in der Wärme umhergestreift und hatten sich darin verloren. Jetzt lagen sie da und ruhten aus inmitten einer grünen, strahlenden, lichtgefleckten Welt.

Was war es nur, was jetzt eigentlich mit ihnen geschah? Was war es nur, was Melanctha jetzt tat und was alles so häßlich für sie beide machte? Was war es nur, was Melanctha empfand und was in Jeff all die alten Gefühle wieder weckte, die er hatte, als Jane Harden ihm erzählte, wie Melanctha gelernt hatte, so sehr wissend zu werden? Jeff wußte nicht, wie es dazu kam, daß ihm dies geschehen war. Es war alles grün und warm und so schön für ihn gewesen, und jetzt hatte Melanctha es irgendwie alles häßlich für ihn gemacht. Was war es nur, was Melanctha jetzt mit ihm machte? Was war es nur, was er sonst für sich und alle Farbigen für die richtige Lebensweise gehalten hatte, um die sie sich immer bemühen sollten, wie sie immer leben sollten? Warum stieß Melanctha Herbert ihn jetzt so ganz und gar ab?

Melanctha Herbert hatte ihn in diesem Augenblick sehr tief fühlen lassen, was sie noch mehr von ihm wollte. Jeff Campbell fühlte jetzt in sich selbst, was jeder Mensch immer gebraucht hatte, um wirklich zu verstehen. Jeff verspürte großen Ekel in sich, nicht vor Melanctha, nicht wirklich vor sich selbst, nicht vor dem, wonach es eigentlich jeden Menschen verlangte; er verspürte nur Ekel, weil er nie wirklich bei sich selbst erkennen konnte, was er nun wollte, was Verstehen wirklich für ihn hieß, er empfand nur Ekel, weil er nie wirklich erkennen konnte, was denn wirklich das Richtige war, das er immer tun sollte, bei all dem, woran er früher geglaubt hatte, woran er früher geglaubt hatte für sich und alle Farbigen, nämlich ein geordnetes Leben und nicht immer das Verlangen nach Neuem, nur um in ständiger Erregung zu leben. Alle früheren Gedanken stiegen jetzt wieder mächtig in ihm auf. Er wandte sich dann irgendwie ab und stieß Melanctha von sich.

Jeff wußte nie, selbst jetzt nicht, was ihn eigentlich bewegte. Er war sich nie sicher, selbst jetzt nicht, ob er wirklich wußte, wer Melanctha war, wenn sie ganz sie selbst und ehrlich war. Er dachte, er wüßte es, und dann kam solch ein Augenblick über ihn, genau wie dieser, in dem sie ihn wirklich aufrüttelte, um stark zu sein in ihm. Dann wußte er wirklich, er konnte nichts wissen. Er wußte dann, er würde nie wissen, was sie eigentlich von ihm wollte. Er wußte dann, er würde nie wirklich wissen, was er in sich fühlte. Es war alles so verworren in ihm. Alles, was er wußte, war, daß er ein starkes Verlangen danach hatte, daß Melanctha bei ihm war und daß er gleichzeitig ein starkes Verlangen danach hatte, sie von sich wegzustoßen. Was wollte Melanctha wirklich von ihm? Was wollte er, Jeff Campbell, wirklich von ihr haben? »Nun dachte ich doch wirklich«, stöhnte Jeff Campbell innerlich, »ich dachte nun wirklich, ich wüßte jetzt, wie ich Melanctha vertrauen könnte. Ich dachte wirklich, ich wüßte nun, woran ich jetzt mit mir sei nach allem, was ich

die ganze Zeit mit ihr durchgemacht habe. Und jetzt weiß ich ganz sicher, daß ich in Wirklichkeit gar nichts Richtiges von ihr weiß. O guter Gott, hilf mir und bewahre mich!« und Jeff stöhnte innerlich sehr, und er vergrub sein Gesicht tief im grünen Gras unter sich, und Melanctha Herbert war ganz still neben ihm.
Dann wandte Jeff sein Gesicht und sah sie an. Sie lag da ganz still neben ihm, und das bittere Wasser auf ihrem Gesicht brannte. Jeff tat es dann so leid, durch und durch, wie immer, wenn er Melanctha sehr verletzt hatte. »Ich wollte nicht wieder so schlecht zu dir sein, Melanctha, Liebes«, und er war sehr zärtlich zu ihr. »Ich wollte wirklich nicht wieder so schlecht zu dir sein, Melanctha, Liebling. Ich weiß wirklich nicht, Melanctha, Liebling, was mich dazu bringt, manchmal so zu dir zu sein, wo ich doch wirklich alles andere will als dir weh tun. Ich will wirklich nicht so schlecht sein, Melanctha, es kommt nur so schnell über mich, ehe ich noch weiß, was ich dir da antue. Es tut mir wirklich furchtbar leid, daß ich so schlecht zu dir bin, Melanctha, Liebling.« »Ich nehme an, Jeff«, sagte Melanctha ganz leise und bitter, »ich nehme an, du denkst immer, Jeff, einer von uns beiden sollte sich schämen, und du denkst sicher, du siehst bei mir keine Möglichkeit, Jeff, daß ich das auch so empfinden könnte, so siehst

du sicher keine andere Möglichkeit, als es eben entsprechend oft für mich zu tun. So ist das sicher immer mit dir, Jeff Campbell, wenn ich dich richtig verstehe, wie du dich immer gegen mich verhältst. Genauso ist es sicher, wie ich es dir hier sage, Jeff Campbell. Du hast mir jetzt sicher sowieso nicht mehr vertraut, nicht wahr, wo du doch eben so schlecht zu mir warst. Ich habe sicher recht mit dem, Jeff, was ich dir hier sage. Ich habe sicher recht, wenn ich dich jetzt darum bitte, mir zu sagen, was ich dich frage, ob du mir nun nicht mehr vertrauen wirst, Jeff, so als hättest du mich nie richtig gekannt. Dann hast du mir sicher nie vertraut, Jeff, hörst du?«
»Ja, Melanctha«, antwortete Jeff langsam. Melanctha zögerte. »Ich glaube, ich kann dir diesmal wirklich nicht verzeihen, Jeff Campbell«, sagte sie bestimmt. Jeff zögerte auch und dachte ein wenig nach. »Ich fürchte wirklich, du kannst das jetzt nie mehr wieder, Melanctha«, sagte er traurig.
Sie lagen jetzt eine lange Zeit ganz still da, jeder grübelte über seinen eigenen Kummer nach. Schließlich fing Jeff wieder damit an, Melanctha zu erklären, was er immer von ihr dachte. »Ich weiß sicher, Melanctha, daß du mich jetzt sicher nicht mehr immer nur reden hören willst, aber siehst du, Melanctha, wirklich, so ist das eben immer mit mir. Siehst du, Melanctha, so ist es

jetzt die ganze Zeit mit mir. Du erinnerst dich, Melanctha, was ich dir einmal gesagt habe, als ich dich noch nicht so lange kannte, daß ich wirklich nie mehr als nur zwei Arten von Liebe gekannt habe, die eine Art, so wie es gut ist, in der Familie zu sein, und die andere Art, einfach so wie die Tiere immer miteinander sind, und daß ich diese letzte Art nie sehr gemocht habe, für keinen Farbigen. Siehst du, Melanctha, so ist es mit mir. Ich habe jetzt ein ganz neues Gefühl bekommen, du hast es mich gelehrt, genau wie ich es dir einmal gesagt habe, genau wie ein neuer Glaube für mich, und ich verstehe vielleicht, was wirkliche Liebe ist, nämlich alles wirklich gleichzeitig zu haben. Neues, kleine ganz verschiedene Stückchen, was ich vorher immer für schlecht hielt, wenn man es hatte, alles fügt sich gleichsam zusammen, um ein einziges gutes großes Gefühl zu bilden. Siehst du, Melanctha, du hast es mich wirklich so sehen lassen, wie ich es nie vorher gewußt habe, daß da alle Arten von Liebe zusammenkommen können, um die eine wirklich und wahrhaftig schön zu machen. Ich sehe das jetzt manchmal so, wie du es mich gelehrt hast, Melanctha, wirklich, und in solchen Augenblicken liebe ich dich, Melanctha, wie einen wahren Glauben, und dann überkommt es mich plötzlich, daß ich nichts Richtiges von dir weiß, Melanctha, Liebes, und dann überkommt es mich plötzlich, daß ich jetzt vielleicht wirklich unrecht habe, wenn ich das alles so schön finde und jetzt nicht mehr in der alten Art denke, wie ich früher immer gedacht habe, über den richtigen Weg für mich und alle Farbigen, ein geordnetes Leben zu führen, und dann denke ich, daß du, Melanctha, vielleicht doch wirklich schlecht bist, und ich glaube, daß ich das vielleicht tue, weil ich einfach zuviel Angst davor habe, immer nur Aufregungen zu haben, was ich eigentlich nie möchte, wenn es mir bewußt ist, und dann bin ich immer so schlecht zu dir, Melanctha, und ich kann dann immer nicht anders, denn ich möchte wirklich immer das Rechte tun, auf meine Weise. Ich möchte wirklich furchtbar gern recht haben, Melanctha, auf die einzige Weise, die ich wirklich als richtig erkenne, Melanctha, und ich weiß überhaupt nicht, Melanctha, wie ich wirklich herausfinden soll, ob meine alte Art, so wie ich immer zu denken gewohnt war, oder die neue Art, die du für mich manchmal zu einer richtigen Religion machst, Melanctha, welche Art für mich wirklich immer die richtige Art zu denken ist, und dann tut es mir wirklich ganz furchtbar leid, Melanctha, daß ich dir immer soviel Kummer mache und dich mit meinem schlimmen Verhalten verletze. Kannst du mir nicht irgendwie helfen, das alles zu klären,

Melanctha, so daß ich genau und richtig weiß, wie ich es machen soll. Siehst du, Melanctha, ich will bei dir nicht immer feige sein, wenn ich nur sicher wüßte, wie ich es richtig machen soll. Ich bin wirklich ganz sicher, Melanctha, so würde ich es machen, wenn ich es jetzt nur sicher wüßte. Kannst du mir nicht irgendwie helfen, das wirklich und wahrhaftig herauszufinden, Melanctha, Liebes. Ich möchte wirklich immer furchtbar gern wissen, wie ich mich verhalten soll.«

»Nein, Jeff, Lieber, ich kann dir wirklich nicht viel bei diesen Schwierigkeiten helfen, die du immer hast. Alles, was ich jetzt tun kann, Jeff, ist einfach immer weiter daran zu glauben, daß du gut bist, Jeff, und obwohl du mich auch wirklich sehr verletzt, so habe ich doch immer großes Vertrauen zu dir, Jeff, wirklich mehr, als du anscheinend zu mir hast, so schlecht wie du immer zu mir bist, Jeff.«

»Du bist wirklich sehr gut zu mir, Melanctha, Liebes«, sagte Jeff nach einem langen, zärtlichen Schweigen. »Du bist wirklich sehr gut zu mir, Melanctha, Liebling, und ich immer so schlecht zu dir in meinem Verhalten. Liebst du mich denn ehrlich und richtig, Melanctha, und immer?« »Immer und immer, da kannst du ganz sicher sein, jetzt wo du mich hast. O du Jeff, du bist immer so dumm.«

»Ich kann jetzt wirklich nicht sagen, du hättest nicht recht, wenn du das so zu mir sagst, Melanctha«, antwortete Jeff. »Oh, Jeff, Lieber, ich liebe dich immer, das weißt du doch jetzt wirklich. Wenn du es jetzt gleich nicht weißt, Jeff, wirklich, dann beweise ich es dir jetzt für immer und ewig.« Und sie lagen da eine lange Zeit in ihrer Innigkeit, und dann fing Jeff wieder an, alles glücklich und frei zu genießen.

»Ich werde jetzt bestimmt ein guter Junge sein und immer richtig lernen, was du mich lehrst, Melanctha, Liebling«, begann Jeff Campbell lachend. »Du wirst jetzt nie sagen können, ich sei kein guter Schüler in deinem Unterricht, Melanctha, und ich bin auch immer ganz bereit, jeden Tag zu dir zu kommen und niemals zu schwänzen. Du wirst nie sagen können, Melanctha, nicht wahr, ich sei kein wirklich guter Junge, der immer studiert, um zu lernen, genauso gescheit zu sein wie seine Lehrerin. Du wirst jetzt wirklich nie mehr zu mir sagen können, ich sei kein guter Junge, Melanctha.«

»Nicht annähernd so gut, Jeff Campbell, wie eine so gute, geduldige Lehrerin wie ich es verdient hätte, eine Lehrerin, die nie etwas lehrt, was für ihre Schüler nicht gut zu wissen wäre, Jeff, hörst du? Ich glaube sicher nicht, daß es richtig von mir ist, dir immer zu verzeihen, wenn du so schlecht bist und ich so geduldig mit all diesem mühsamen Lehren immer.« »Aber du verzeihst mir doch immer, bestimmt, Melanctha, immer?« »Immer und immer, da kannst du sicher sein, Jeff, und ich fürchte wirklich, ich kann gar nicht mehr aufhören zu verzeihen, weil du wohl immer wieder so schlecht zu mir sein wirst und ich immer wieder so gut sein und verzeihen muß.« »Oh! Oh!« rief Jeff Campbell lachend aus. »Ich werde nicht immer so schlecht sein, bestimmt nicht, Melanctha, mein Liebling. Und du verzeihst mir doch sicher wirklich, und du liebst mich doch sicher wirklich und wahrhaftig, Melanctha?« »Sicher, sicher, Jeff, Junge, sicher jetzt und immer, sicher glaubst du mir jetzt, sicher tust du das, Jeff, immer.« »Ich hoffe es wirklich von ganzem Herzen, Melanctha, Liebling.« »Ich bestimmt auch, Jeff, lieber Junge, jetzt weißt du wirklich, was lieben heißt, und ich beweise es dir jetzt so, Jeff, daß du es nie mehr vergessen kannst. Jetzt wirst du verstehen, Jeff, wirklich und wahrhaftig, was ich dir schon immer gesagt habe, Jeff, jetzt.« »Ja, Melanctha, Liebling«, flüsterte Jeff, und er war ganz glücklich dabei, und so lagen die beiden jetzt lange in der warmen Luft des schwülen, südlichen Negersonnenscheins und ruhten sich nur aus.

Und jetzt gab es wirklich eine lange Zeit keine offenen Auseinandersetzungen mehr zwischen

Jeff Campbell und Melanctha Herbert. Dann wußte Jeff auf einmal, daß er nicht mehr aussprechen konnte, was er eigentlich wollte, daß er nicht mehr aussprechen konnte, was er darüber wissen wollte, was Melanctha wollte.

Wenn Melanctha jetzt manchmal müde war, nachdem sie die ganze Zeit sehr erregt gewesen war, wenn Jeff lange darüber redete, was für sie beide am besten wäre, war ihr, als würde sie leer im Kopf, und sie verlor sich in einem Gefühl des Unmuts. Manchmal, wenn sie in ihrer Liebe stark gewesen waren und in Jeff ein seltsames Gefühl aufstieg und Melanctha bei ihm spürte, daß es bald kommen würde, dann verlor sie sich an dieses Gefühl des Unmuts, das auf ihren Kopf wirkte, als wüßte sie gar nicht, was sie taten. Und allmählich spürte Jeff es jetzt immer bald, wenn seine Melanctha ihre starken Schmerzen im Kopf bekam, wie er es sich gar nicht vorstellen mochte, falls sie sich jetzt wieder einmal seine Schwierigkeiten anhören mußte, wenn er davon sprach, was er immer noch wollte, um sich wirklich alles verständlich zu machen.

Jetzt hatte Jeff auf einmal immer das deutliche Gefühl, daß Melanctha bei all ihrem Leiden es nicht länger ertragen konnte, wenn er es mit sich selbst ausfocht, was wohl das Richtige für ihn sei. Jetzt merkte er, er durfte sich, wenn sie bei ihm war, nicht dauernd mit diesem Kampf befassen, der immer weiterging in ihm. Jeff Campbell wußte immer noch nicht, was er für die richtige Lebensweise für sich selbst und alle Farbigen halten sollte. Jeff kam dem wirklichen Verstehen jedesmal näher, aber jetzt litt Melanctha so sehr unter ihm, daß er wußte, sie konnte ihn nicht länger bei sich haben, wenn er immer zeigte, daß er sich noch keineswegs sicher war, welches für sie beide die richtige Art war, sich wirklich zu lieben.

Jeff erkannte jetzt, daß er so schnell sein mußte, damit Melanctha nie mehr darauf zu warten brauchte, immer alles von ihm zu bekommen, wonach sie verlangte. Er konnte jetzt nie mehr ehrlich sein, er konnte jetzt nie mehr versuchen, wirklich zu verstehen, denn immer, in jedem Augenblick, fühlte er jetzt ganz deutlich, wie sehr Melanctha Herbert litt.

Jeff wußte in diesen Tagen nicht genau, was eigentlich mit ihm geschah. Alles, was er hin und wieder erkannte, wenn sie stark wurden in ihrer Erregung, wie immer, wenn er seinen Gefühlen freien Lauf ließ, so daß er immer ehrlich sein konnte, war, daß Melanctha ihn irgendwie gar nicht zu hören schien, sie schaute ihn nur an und schaute, als wenn sie ihr Kopfweh seinetwegen bekäme, und dann mußte Jeff sich seiner Ehrlichkeit enthalten, und er mußte sehr

schnell sein und alles tun, was Melanctha nur von ihm verlangte.
Jeff war nicht sehr glücklich in diesen Tagen, wenn er seinen Gefühlen gegenüber ehrlich war. Er wußte jetzt ganz genau, daß Melanctha innerlich nicht stark genug war, um seine langsame Art noch länger zu ertragen. Und doch wußte er jetzt, daß er nicht ehrlich war in seinen Gefühlen. Jetzt mußte er Melanctha immer mehr zeigen, als er überhaupt empfand. Jetzt zwang sie ihn, so schnell zu sein, und er wußte, daß das nicht mit seinen Gefühlen übereinstimmte, und doch konnte er sie jetzt nicht mehr so leiden lassen, weil er immer so langsam war mit seinen Gefühlen.
Es war sehr schwierig für Jeff Campbell, dieses ganze Verhalten vor sich zu rechtfertigen. Wenn Jeff Campbell nicht spontan und wirklich ehrlich sein konnte, konnte er innerlich nie wirklich stark sein. Jetzt ließ Melanctha ihn immer fühlen, wie gut sie war und wie sehr sie unter ihm litt, und sie zwang ihn dadurch, immer so schnell zu handeln, daß er dann nicht stark sein konnte, um spontan etwas in sich zu fühlen. Immer, wenn er jetzt bei ihr war, schien er mehr für sie zu fühlen, als er eigentlich schon fühlen konnte. Immer hatte er jetzt bei ihr eine gewisse Hemmung in sich, immer war er jetzt bei ihr seinem eigentlichen Gefühl weit voraus.

Jeff Campbell wußte in diesen Tagen nie genau, was in ihm vorging. Alles, was er wußte, war, daß es ihm jetzt unbehaglich war, immer bei Melanctha zu sein. Alles, was er wußte, war, daß er sich immer unbehaglich fühlte, wenn er bei Melanctha war, nicht so wie früher, als er einfach noch nicht genug verstand, sondern jetzt, weil er nie ehrlich mit ihr sein konnte, weil er jetzt immer spürte, wie stark sie bei sich litt, weil er jetzt wußte, daß er ein klares, gutes Gefühl für sie hatte, sie aber so schnell und er so langsam war; Jeff wußte, sein richtiges Gefühl würde sich ihr nie in seiner ganzen Stärke offenbaren können. All das wurde immer schwieriger für Jeff Campbell. Er war sehr stolz, daß er versuchte, stark zu sein, dieser Jeff Campbell. Er war sehr darauf bedacht, Melanctha nicht zu verletzen, seit er wußte, daß sie es sicher noch lange nachher schmerzhaft in ihrem Kopf spüren würde, er haßte es, daß er jetzt nicht mehr ehrlich zu ihr sein konnte, er wollte wegbleiben, um ganz allein eine Lösung zu finden, ohne sie, er fürchtete, sie würde darunter leiden, wenn er sich jetzt von ihr fernhielt. Er fühlte sich jetzt immer unbehaglich bei ihr, er fühlte sich unbehaglich, wenn er an sie dachte, er wußte jetzt, daß er ein gutes, klares, starkes Gefühl echter Liebe für sie hatte, und doch konnte er es jetzt nie gebrauchen, um gut und ehrlich zu ihr zu sein.

Jeff Campbell wußte in diesen Tagen nicht, was er hätte tun können, um es besser für sie zu machen. Er wußte nicht, was er hätte tun können, um sich wirklich richtig zu verhalten in seinem Tun und Denken ihr gegenüber. Sie zog ihn so schnell mit sich, und er wagte nicht, sie zu verletzen, und er konnte eigentlich nicht so schnell mitkommen, wie sie es jetzt immer brauchte, wie er ihretwegen sollte.

Diese Tage waren jetzt nicht mehr sehr erfreulich für Jeff Campbell, wenn er bei Melanctha war. Er mochte jetzt nicht mehr die Dinge über sie zu Ende denken, nicht in Worten. Er war sich nicht klar genug darüber, was seine eigentlichen Schwierigkeiten mit ihr waren.

Manchmal wenn er hin und wieder diesen ganzen Kummer vergaß, war Jeff und Melanctha mit ihm jeweils sehr glücklich in einem Gefühl starker und zärtlicher Liebe. Manchmal spürte Jeff dann, wie er ganz hoch hinaufflog, wenn er wirklich liebte. Manchmal spürte Jeff dann, wenn er liebte, wie seine Seele ganz weit wurde in ihm. Immer spürte Jeff jetzt ein tiefes Gefühl in sich.

Immer mußte Jeff jetzt so viel schneller sein, als es seinem Gefühl entsprach. Doch immer wußte Jeff jetzt, daß er ein echtes, starkes Gefühl hatte. Immer wenn Jeff jetzt überlegte, war es Melanctha, an der er in der Liebe zweifelte. Jetzt fragte

er sie oft, ob sie aufrichtig sei, wenn sie ihn liebte. Er fragte sie oft, weil er bei allem ein sonderbares Gefühl in sich hatte, obwohl er bis jetzt nie ernsthaft gezweifelt hatte, und immer antwortete Melanctha ihm: »Ja, Jeff, sicher, du weißt es, immer«, und immer spürte Jeff jetzt einen Zweifel in ihrer Liebe.
Immer spürte Jeff jetzt tiefe Liebe in sich. Immer wußte er jetzt nicht genau, ob Melanctha ehrlich war in ihrer Liebe.
Während dieser ganzen Zeit war Jeff innerlich unsicher, und ihn beunruhigte die Frage, wie er sich verhalten sollte, um nichts falsch zu machen und sie beide nicht in große Schwierigkeiten zu stürzen. Immer war ihm jetzt, als müßte er tief in Melanctha forschen, um zu erkennen, ob es wirklich Liebe war, was sie jetzt in sich hatte, und immer gebot er sich selbst Einhalt, denn immer befürchtete er jetzt, daß er sie sehr verletzen könnte.
Jetzt war es ihm immer lieber, aufgehalten zu werden, wenn er sie besuchen sollte. Jetzt hatte er immer keine Lust, zu ihr zu gehen, obwohl er nie wirklich wünschte, nicht immer bei ihr zu sein. Jetzt fühlte er sich nie richtig wohl bei ihr, selbst wenn sie freundlich zueinander waren. Jetzt hatte er immer das Gefühl bei ihr, daß er nie richtig ehrlich zu ihr sein konnte. Und Jeff konnte nie glücklich mit ihr sein, wenn er nicht

den starken Wunsch haben durfte, ihr alle seine Gefühle zu bekennen. Jetzt fand er es mit jedem Tag schwieriger, die Zeit mit ihr herumzubringen und die Gefühle nicht aufkommen zu lassen, die zum Streit mit ihr geführt hätten.
Und so sollte er eines Abends zu ihr gehen. Er wartete ziemlich lange, ehe er zu ihr ging. Er hatte Angst, weil er sie an diesem Abend sicher verletzen würde. Er mochte nie hingehen, wenn er Streit mit ihr bekommen konnte.
Melanctha saß da und sah sehr böse aus, als er bei ihr hereinkam. Jeff legte Hut und Mantel ab und setzte sich dann zu ihr ans Feuer. »Wenn du jetzt noch später zu mir gekommen wärst, Jeff Campbell, hätte ich dich bestimmt nie wiedersehen wollen und nie wieder mit dir sprechen wollen, wenn du dich nicht sehr demütig bei mir entschuldigt hättest.« »Mich entschuldigen, Melanctha«, und Jeff lachte und war spöttisch zu ihr, »mich entschuldigen, Melanctha, ich bin darin nicht stolz, Melanctha, es macht mir nichts aus, mich bei dir zu entschuldigen, Melanctha, was mir etwas ausmacht, Melanctha, ist, etwas Unrechtes zu tun, dir gegenüber.« »Das ist leicht, so zu reden, Jeff, mir gegenüber. Aber du hattest nie den Ehrgeiz, Jeff, mutig bei mir zu sein.« »Davon weiß ich nichts, Melanctha. Ich habe den Mut, dir manches Harte zu sagen, wenn ich es so meine.« »O ja, Jeff, das

kenne ich alles, Jeff, mir gegenüber. Aber ich meine echten Mut, herumlaufen und sich aus nichts, was passiert, etwas machen, und immer mutig sein in jeder Schwierigkeit. Das meine ich mit echtem Mut, ich, Jeff, wenn du es wissen willst.« »O ja, Melanctha, ich kenne diese Art von Mut. Ich sehe die ganze Zeit genug davon bei manchen farbigen Männern und bei manchen Mädchen wie bei dir Melanctha, und Jane Harden. Ich weiß genau wie ihr euch aufspielt und angebt, weil ihr nicht so viel jammert wenn ihr irgendwo hineingeratet wo ihr nichts zu suchen habt, und dann werdet ihr verletzt, wie es euch ganz recht geschieht. Und dann sind so Leute wie ihr natürlich sehr tapfer, sicher, bei allen möglichen Leiden, aber so wie ich es sehe, wenn ich mich bei all meinen Patienten umsehe, schafft diese Art von Mut alle möglichen Schwierigkeiten für die, die nicht so großartig sind mit ihrem Mut, und die müssen es dann am Ende immer ertragen, daß sie am härtesten getroffen werden. Es ist, wie wenn einer herumrennt und so wagemutig ist, sein ganzes Geld auszugeben, und dann sind es seine Frau und seine Kinder, die verhungern müssen, und sie ernten nicht einmal Ruhm für ihre Tapferkeit, und sie wollen das auch gar nicht erleiden, und sie müssen es aushalten und dürfen nichts sagen. Auf diese Weise erlebe ich jetzt ziemlich viel von dieser Tapferkeit bei manchen Farbigen. Sie machen immer viel Lärm darum, daß sie so tapfer sind und nicht jammern, wenn sie so viel erleiden müssen, was sie sich aber alles immer selbst zufügen, einfach weil sie Dinge tun, die sie nichts angehen. Ich sage ja gar nicht, Melanctha, daß es nicht sehr tapfer ist, nicht zu jammern, aber ich habe noch nie viel davon gehalten, wenn man nach solchen Schwierigkeiten sucht, nur um zu zeigen, daß man nicht jammern wird. Nein, es ist richtig, jeden Tag tapfer zu sein, das heißt, einfach ein geordnetes Leben zu führen und nicht immer neue Wege zu suchen, um aufregende Erlebnisse zu haben, wie ich es so hasse bei den Farbigen. Nein ich halte nicht viel davon, mutig zu sein, Melanctha, um dahin zu gelangen, wo man nichts zu suchen hat. Ich schäme mich nicht Melanctha, dir hier auf der Stelle zu erklären, ich schäme mich keineswegs, zu sagen, daß ich kein Verlangen danach habe, mutig zu sein, nur um herumzulaufen und nach Schwierigkeiten Ausschau zu halten.« »Ja, das sieht dir mal wieder ähnlich, Jeff, du verstehst nie etwas richtig, so wie du immer empfindest. Du kannst einfach nicht richtig verstehen, wie sehr es darauf ankommt, welchen Weg jemand geht, um nach Neuem zu suchen, die Art und Weise, die es rechtfertigt, daß man in Erregung kommt.« »Nein, Melanctha, ich behaupte sicher nicht, daß ich viel davon verstehe, wie jemand mit Recht annehmen kann, er könne nicht in böse Schwierigkeiten geraten, wenn er genau da sucht, wo er mit Sicherheit welche findet. Nein, Melanctha, das klingt sicher alles ganz schön, dieses Gerede über Gefahr und Mutigsein und Niemals-Jammern und dieses ganze Geschwätz, aber wenn zwei Männer kämpfen, gewinnt meist der Stärkere, wenn er gute harte Schläge austeilt, und der Mann, der die Schläge alle einstecken muß, hat das meistens gar nicht so gern, soweit ich es bisher sehen konnte, und ich finde es ziemlich unwichtig, aus was für edlem Holz sie sind, wenn sie gar kein Recht haben, da zusammenzukommen und miteinander zu kämpfen. Ich erlebe es wirklich immer nur so, Melanctha, wenn ich mal zufällig irgendwo bin, wo ich zuschauen kann.« »Das ist, weil du nie etwas verstehen kannst, was nicht so einfach ist für jeden, Jeff, wie du immer denkst. Es ist eben doch wichtig, aus was für Holz jemand ist, wenn er mutig handeln soll Jeff Campbell.« »Möglich Melanctha, ich sage bestimmt nicht nein, du hast nicht recht, Melanctha. Ich habe dir nur ganz offen gesagt, wie ich, Melanctha, es immer sehe. Vielleicht, wenn du herumrennst, wo du nichts zu suchen hast, und du stellst dich ganz aufrecht hin und sagst, ich bin so mutig, nichts kann mich jemals verletzen, möglich daß dich dann tatsächlich nichts verletzt, Melanctha. Ich habe es bloß noch nie erlebt. Ich kann dir wahrhaftig nichts anderes sagen, Melanctha, aber ich bin immer bereit, von dir zu lernen, Melanctha. Und vielleicht wirst du ja, wenn jemand mit einem Backstein nach dir wirft und dich wirklich schwer verletzt, vielleicht wirst du dann ja nicht aufschreien, Melanctha. Ich spreche dir das bestimmt keineswegs ab, Melanctha, ich sage nur, daß ich das noch nie so erlebt habe, wenn ich Gelegenheit hatte, dabeizusein und zuzusehen.«

Sie saßen still beieinander am Feuer, und sie schienen nicht viel Liebe zu fühlen.

»Ich frage mich wirklich«, sagte Melanctha in Gedanken versunken und brach endlich das lange lieblose Schweigen, »ich frage mich wirklich, warum es mir immer passiert, daß ich mich für jemanden interessiere, der mir in keiner Weise genügt, daß ich auch nur daran denken könnte ihn zu achten.«

Jeff sah Melanctha an. Jeff stand auf und ging ein wenig im Zimmer auf und ab, und dann kam er zurück, und sein Gesicht war starr und dunkel, und er war sehr ruhig ihr gegenüber.

»O Lieber, Jeff, wirklich, warum siehst du mich denn so feierlich an. Wirklich Jeff ich meine das doch alles gar nicht so, was ich gerade gesagt habe. Was habe ich denn überhaupt zu dir gesagt Jeff? Ich habe wirklich nur daran gedacht, wie mir alles immer einfach so passiert.« Jeff Campbell saß sehr still und finster da und gab keine Antwort.

»Ich finde Jeff du könntest heute abend ruhig ein bißchen nett zu mir sein, wo mein Kopf so weh tut, und ich bin so müde von all dem Nachdenken, mit dem ich mich so abgemüht habe, und ich habe immer so vieles, was mir Sorgen macht, wie ich lebe und nie jemanden habe, der mir helfen kann. Ich finde, du könntest heute abend ruhig nett zu mir sein Jeff und nicht über jedes Bißchen böse werden, was ich zu dir sage.«

»Ich wollte bestimmt nie böse mit dir werden, Melanctha, nur weil du etwas zu mir sagst. Aber jetzt denke ich wirklich, du meinst das ernst, was du mir gerade gesagt hast.« »Aber du sagst doch die ganze Zeit zu mir Jeff, daß du in deiner Liebe gar nicht gut genug bist für mich, du sagst doch wirklich die ganze Zeit, daß du überhaupt nicht gut oder verständnisvoll zu mir bist.«

»Sicher sage ich das immer zu dir, genau wie ich es immer dir gegenüber empfinde Melanctha, und es ist auch richtig von mir, es zu sagen, und ich habe ein Recht, es ganz stark so in mir zu empfinden und es immer sicher zu glauben, aber von dir ist es nicht richtig Melanctha es so zu empfinden. Wenn du es so empfindest, Melanctha, dann wird bestimmt alles falsch an unserer Liebe. Dann wird sie so, wie ich sie bestimmt nie ertragen kann.«

Sie saßen lange da am Feuer, schweigend und ohne Liebe und ohne einen Blick füreinander zu haben und danach zu suchen. Melanctha bewegte sich und zupfte an sich herum und war sehr nervös. Jeff war schwer und verdrossen und finster und sehr ernst.

»O warum kannst du jetzt nicht mal vergessen, daß ich dir das gesagt habe Jeff, und ich bin wirklich so müde, und mein Kopf und alles andere jetzt.«

Jeff rührte sich: »In Ordnung Melanctha, nun mach dir aber nicht noch selbst Kopfweh, indem du es so schwer nimmst«, und Jeff raffte sich auf, und er war jetzt wieder ein geduldiger Arzt für Melanctha, als er merkte, daß sie wirklich Kopfweh davon hatte. »Es ist in Ordnung jetzt Melanctha Liebling, bestimmt ist es das jetzt, wo ich es dir sage. Du legst dich jetzt einfach ein bißchen hin, Liebes, und ich setze mich hier ans Feuer und lese etwas und passe auf dich auf, so daß ich gleich da bin, wenn du mich brauchst und ich dir etwas geben soll, was dich beruhigt.« Und dann war Jeff ein guter Arzt und sehr sanft und zart zu ihr, und Melanctha war froh, daß er da war, um ihr zu helfen, und dann fiel Melanctha in einen leichten Schlaf, und Jeff wartete neben ihr, bis er sah, daß sie wirklich schlief, und dann ging er zurück und setzte sich ans Feuer.

Und Jeff versuchte es wieder mit seinem Nachdenken, und er konnte es sich nicht klarmachen, trotz all seines Nachdenkens nicht, und er empfand jetzt alles als trübe und schwer und schlecht, alles, was er nicht richtig verstehen konnte, obwohl er sich große Mühe gab mit seinem Nachdenken. Und dann bewegte er sich ein wenig und nahm ein Buch, um seine Gedanken zu vergessen, und dann genoß er es wie immer, wenn er las, und dann war er sehr bald in seine Lektüre vertieft, so daß er für eine Weile vergaß, daß er wohl nie richtig verstehen würde.

Und so vergaß Jeff sich selbst für eine Weile bei seiner Lektüre, und Melanctha schlief. Und dann wachte Melanctha auf, und sie schrie.

»Oh, Jeff, ich dachte, du seist für immer von mir fortgegangen. Oh, Jeff, geh jetzt nie, nie mehr fort von mir. Oh, Jeff, sei doch immer, immer so gut zu mir.«

Von jetzt an hatte Jeff Campbell eine Last in sich, die immer da war, die er nie loswerden konnte, um sich unbeschwert zu fühlen. Er versuchte immer, sie nicht in sich zu haben, und er versuchte immer, sie Melanctha nicht merken zu lassen, aber sie war immer da in ihm. Jetzt war Jeff immer ernst und finster und schwer und verdrossen, und er saß oft eine lange Zeit bei Melanctha, ohne sich zu bewegen.

»Du hast mir bestimmt nie verziehen, was ich dir in jener Nacht gesagt habe, Jeff, nicht wahr?« fragte Melanctha ihn an einem Abend spät nach einem langen Schweigen. »Das ist für mich überhaupt keine Frage des Verzeihens, Melanctha, was mich innerlich beschäftigt. Nur das, was du jetzt für mich empfindest, ist wichtig für mich. Ich habe seither nichts bei dir entdeckt, was mich glauben macht, du hättest es nicht so gemeint, was du gesagt hast, daß du jetzt nicht mehr glaubst, ich sei gut genug, um es vor dir selbst zu rechtfertigen, daß dir so viel daran liegt, mich zu lieben.«

»Ich habe wirklich noch nie so einen Mann erlebt wie dich, Jeff. Du willst immer alles ganz deutlich in Worten haben, was jeder immer fühlt. Ich sehe wirklich keinen Grund, warum ich dir immer erklären sollte, was ich meine mit dem, was ich dir gerade sage. Und du hast überhaupt kein Gefühl für mich, wenn du mich fragst, was ich gemeint habe mit dem, was ich gesagt habe, als ich so müde war in der Nacht damals. Ich weiß nie mehr genau, was ich gesagt habe.« »Aber du sagst mir nicht einmal jetzt, Melanctha, so daß ich es dich wirklich sagen höre, daß du es nicht so meinst, wie du es mir gesagt hast.« »O Jeff, du stellst dich immer so dumm an bei mir und quälst mich immer nur mit deinen ewigen Fragen. Und ich erinnere mich sowieso an überhaupt nichts mehr, was ich dir gesagt habe, und ich habe immer mit meinem Kopf zu tun, er tut mir so weh, daß es mich fast umbringt, und mein Herz klopft so, manchmal denke ich, ich sterbe, so weh tut es mir, und ich bin immer so traurig, ich denke manchmal, ich nehme etwas und bringe mich einfach um, und ich habe immer so vieles zu bedenken und zu tun, was mich quält, und ich muß mir um so vieles Gedanken machen, und all das, und dann kommst du und fragst mich, was ich meine mit dem, was ich dir gesagt habe. Ich weiß es wirklich nicht, Jeff, wenn du mich fragst. Mir scheint, Jeff, manchmal könntest du so etwas wie ein Gefühl dafür haben, rücksichtsvoll zu mir zu sein.« »Du hast kein Recht Melanctha Herbert«, fuhr Jeff aus seinem dunklen, drohenden Zorn auf, »du hast wirklich kein Recht, dein Verletztsein und Kranksein und deine Schmerzen immer wie eine Waffe zu benutzen, um mich zu etwas zu zwingen, was nicht recht ist, was ich niemals für dich tun dürfte. Du hast wirklich kein Recht, mir deine Schmerzen immer vor Augen zu führen.« »Was meinst du mit diesen Worten, Jeff Campbell?« »Ich meine sicher genau das, was ich gesagt habe, Melanctha. Du tust immer so, als wäre ich ganz allein

für unsere Liebe verantwortlich. Und wenn dich irgend etwas mal irgendwie verletzt, tust du so, als ob ich dich gezwungen hätte, mit mir anzufangen. Ich bin kein Feigling, hörst du Melanctha? Ich schiebe meine Schwierigkeiten nie anderen in die Schuhe und denke, daß sie daran schuld sind. Ich bin wirklich immer bereit, Melanctha, du hättest mich wirklich kennen sollen, daß ich meine Schwierigkeiten alle selbst durchstehe, aber ich sage dir jetzt ganz offen, so wie ich es meine Melanctha, ich werde nicht so tun, als wäre ich schuld daran, daß du mich lieben wolltest und daß du jetzt so unter mir leidest.« »Aber solltest du es nicht doch so ansehen, wenn du ehrlich bist, Jeff Campbell. Habe ich je etwas anderes getan als dich einfach alles mit mir tun zu lassen, was du wolltest. Habe ich je versucht, dich zu zwingen, mich zu lieben. Habe ich je etwas anderes getan als bereitwillig dazusitzen und deine Liebe über mich ergehen zu lassen. Aber ich habe dir, Jeff Campbell, bestimmt nie etwas vorgemacht, als wollte ich dich wirklich für mich haben.«
Jeff starrte Melanctha an. »So bezeichnest du es also, wenn du richtig über alles nachdenkst, Melanctha. Nun ich habe dir bestimmt kein Wort mehr zu sagen, Melanctha, wenn es jetzt einfach so für dich ist, Melanctha.« Und Jeff lachte ihr fast ins Gesicht, und er wandte sich ab,

um Hut und Mantel zu nehmen und jetzt für immer von ihr fortzugehen.

Melanctha ließ den Kopf auf die Arme sinken, und sie zitterte am ganzen Körper. Jeff zögerte und blickte sie sehr traurig an. Jeff konnte es nicht so schnell vor sich rechtfertigen, sie zu verlassen.

»Oh, ich werde jetzt sicher verrückt, ich weiß das ganz sicher«, stöhnte Melanctha, als sie da saß, ganz zusammengesunken und elend und schwach.

Jeff kam und nahm sie in seine Arme und hielt sie fest. Jeff war dann sehr gut zu ihr, aber keiner von beiden spürte im Innern wie früher, daß es gut war, zusammenzusein. Von jetzt an stand Jeff in seinem Innern richtige Qualen aus.

War es wahr, was Melanctha ihm in jener Nacht gesagt hatte? War es wahr, daß er derjenige war, der sie beide in diese ganzen Schwierigkeiten gebracht hatte? War es wahr, daß nur er immer die falsche Einstellung gehabt hatte? Ob er wachte oder schlief, Jeff hatte jetzt immer diese unaufhörliche Qual in sich.

Jeff wußte jetzt nicht mehr, was er noch empfinden sollte. Er wußte nicht, wo er mit Denken anfangen sollte, sich diese Schwierigkeiten zu erklären, die jetzt immer heftig waren in ihm. Er fühlte immer nur einen verworrenen Kampf in sich und Unmut, ein Wissen, nein, Melanctha

hatte nicht recht mit dem, was sie ihm in jener Nacht gesagt hatte, und dann ein Gefühl, vielleicht hatte er selbst immer unrecht, weil er nie richtig verstehen konnte. Und dann überfiel ihn plötzlich eine Erinnerung an die tiefe Zärtlichkeit in Melancthas Liebe und ein Haß gegen die eigene kalte langsame Art, mit der er selbst immer nur empfinden konnte.
Jeff wußte natürlich immer, daß Melanctha unrecht hatte mit dem, was sie ihm in jener Nacht gesagt hatte, aber Melanctha hatte immer ein tiefes Gefühl für ihn gehabt, und er war immer karg und langsam gewesen, die einzige Art, wie er überhaupt Gefühle haben konnte. Jeff wußte, daß Melanctha unrecht hatte, und doch war immer tiefer Zweifel in ihm. Was konnte einer wie er schon wissen, der so langsam war in seinem Gefühl? Was konnte einer wie er überhaupt wissen, der seinen Weg immer nur durch Nachdenken finden konnte? Was konnte einer wie er wissen, der so lange gebraucht hatte, um zu lernen, was wirkliche Liebe ist. Jeff hatte jetzt immer diese Qual in sich.
Melanctha ließ ihn ihre Art jetzt immer deutlich spüren, wenn sie mit ihm zusammen war. Tat sie das immer weiter, nur um ihm ihre Art zu zeigen, tat sie es jetzt, weil sie nicht mehr liebte, tat sie es, weil das ihre Art war, ihn dazu zu brin-

gen, wirklich zu lieben? Jeff wußte nie, wie das alles so mit ihm geschehen konnte.
Melanctha verhielt sich jetzt so, wie sie gesagt hatte, daß es immer mit ihnen gewesen sei. Jetzt war es immer Jeff, der die Fragen stellen mußte. Jetzt war es immer Jeff, der fragen mußte, wann er das nächste Mal zu ihr kommen sollte. Jetzt war sie immer gut und geduldig zu ihm, und jetzt behandelte sie ihn immer freundlich und liebevoll, und immer hatte Jeff das Gefühl, daß sie einfach nur gut war und ihm alles gab, um was er bat oder was er brauchte, aber jetzt nie mehr um ihrer selbst willen, um sich selbst glücklich zu machen durch ihn. Jetzt tat sie alles, als wäre es nur, um ihren Jeff Campbell zu erfreuen, der es brauchte, daß sie ihm jetzt Freundlichkeit entgegenbrachte. Jetzt war er von beiden immer der Bettler. Jetzt war Melanctha immer die Gebende, nicht aus eigenem Bedürfnis, sondern aus Großmut gegen ihn. Jetzt spürte Jeff, wie es immer schwerer für ihn wurde. Manchmal wollte Jeff alles von sich stoßen, was ihm unter die Augen kam, immer wollte er jetzt gegen etwas ankämpfen und zornig darüber sein, und immer war Melanctha jetzt so geduldig mit ihm.
Jetzt war tief in ihm immer ein Zweifel an Melancthas Liebe. Es war noch kein Zweifel, der ihn wirklich zweifeln ließ, denn sonst hätte

Jeff überhaupt nicht mehr richtig lieben können, aber er wußte jetzt immer, daß da etwas nicht stimmte, aber nicht bei ihm, sondern daß da etwas nicht stimmte mit ihrer Liebe. Jeff Campbell wußte keinen richtigen Weg, um herauszufinden, was in Melanctha vorging, wenn sie liebte, er wußte jetzt keinen Weg, um sie in ihrem Innern zu erreichen und zu erfahren, ob sie aufrichtig war in ihrer Liebe, aber etwas stimmte jetzt nicht mehr zwischen ihnen, und jetzt war er sich nie mehr sicher, so wie sie ihn früher einmal sicher gemacht hatte, ob er jetzt wirklich endlich zum Verstehen gelangt war.
Melanctha war zu vieles für ihn. Er war hilflos, wie er herausfinden sollte, was sie jetzt wirklich für ihn empfand. Oft fragte Jeff sie, ob sie ihn wirklich liebte. Immer sagte sie: »Ja Jeff, sicher, das weißt du«, und anstelle einer vollen zärtlichen starken Liebe fühlte Jeff jetzt darin nur nachsichtige, freundliche Geduld.
Jeff wußte es nicht. Wenn er recht hatte mit diesem Gefühl, dann wollte er Melanctha Herbert bestimmt nie mehr bei sich haben. Jeff Campbell verabscheute den Gedanken, Melanctha könnte ihm jemals nur um seinetwillen Liebe geben und nicht, weil sie selbst das Bedürfnis hatte, mit ihm zusammenzusein. Eine solche Liebe wäre für Jeff sehr schwer zu ertragen gewesen.

»Jeff warum bist du so komisch zu mir? Jeff du bist jetzt bestimmt eifersüchtig. Wirklich Jeff, ich verstehe jetzt überhaupt nicht, warum du so komisch bist und mich so ansiehst.« »Denk bloß nicht, ich könnte jemals auf irgendwen eifersüchtig sein Melanctha, hörst du. Es ist einfach so, daß du mich sicher nie verstehen wirst. Es ist jetzt einfach immer so mit mir Melanctha. Du liebst mich, und mir ist es egal, was du tust oder was du je einem anderen gewesen bist. Du liebst mich nicht, dann ist es mir nicht mehr egal, was du tun wirst oder was du je einem anderen sein wirst. Aber ich will keineswegs, daß du gut zu mir bist Melanctha, wenn es dir nicht ein Bedürfnis aus Liebe ist. Ich will sicher nichts von deiner Art von Freundlichkeit mir gegenüber. Wenn du mich nicht liebst, kann ich es ertragen. Was ich auf keinen Fall will, ist, daß du bloß aus Freundlichkeit gut zu mir bist. Wenn du mich nicht liebst, dann machen wir hier auf der Stelle, du und ich Melanctha, Schluß mit dem ganzen großen Gefühl, immer füreinander zu leben. Es gibt sicher gar niemanden, an den ich denke, wenn ich an dich denke Melanctha Liebling. Das ist wahr, so wie ich es dir sage Melanctha, immer. Es ist nur, ob du mich je geliebt hast, das ist das einzige, was mich quält Melanctha, und du brauchst nichts weiter zu tun, wenn du mich nicht richtig liebst, als es mir nur wirklich zu sagen. Ich werde dich dann nicht unnötig quälen, soweit ich es in der Hand habe Melanctha. Du brauchst dir bestimmt keine Sorgen um mich zu machen, niemals Melanctha. Du sagst es mir einfach geradeheraus Melanctha, genau wie du es fühlst. Ich kann es sicher gut ertragen, ich sage dir die Wahrheit Melanctha. Und ich werde nie wissen wollen, warum oder so etwas Melanctha. Lieben ist einfach Leben für mich Melanctha, und wenn du das jetzt nicht wirklich für mich empfindest, dann wird uns nie etwas verbinden Melanctha, nicht wahr? So und nicht anders empfinde ich jetzt immer dir gegenüber Melanctha. O Melanctha, Liebling, liebst du mich? O Melanctha, bitte, bitte, sag mir ehrlich, sag mir, liebst du mich wirklich?«

»O du bist so dumm, Jeff, Junge, natürlich liebe ich dich immer. Immer und immer Jeff und bin doch auch immer nur gut zu dir. O du bist so dumm Jeff und weißt nicht wie gut du es bei mir hast. O Lieber, Jeff ich bin wirklich so müde Jeff heute abend, komm sei doch nicht so ein Quälgeist. Ja, ich liebe dich Jeff, wie oft soll ich es dir noch sagen. O du bist so dumm Jeff, aber ja ich liebe dich. Jetzt will ich es aber nicht mehr sagen jetzt, heute abend Jeff, hörst du. Sei jetzt nur gut zu mir Jeff oder ich werde sonst sicher ganz böse mit dir sein. Ja, ich liebe dich, wirklich, Jeff, obwohl du es überhaupt nicht verdienst. Ja, ja, ich liebe dich. Ja Jeff ich sage es bis ich ganz müde bin. Ja, ich liebe dich jetzt Jeff, und du mußt wirklich damit aufhören mich zu bitten es dir zu sagen. O du großer närrischer Junge Jeff Campbell, sicher liebe ich dich, o du närrischer dummer, mein einziger Junge Jeff Campbell. Ja ich liebe dich und ich sage es dir sicher nicht noch einmal heute abend Jeff, hörst du mich jetzt.« Ja Jeff Campbell hörte sie, und er bemühte sich sehr, ihr zu glauben. Er zweifelte nicht wirklich an ihr, aber irgendwie stimmte es jetzt nicht, wie Melanctha es sagte. Jeff fühlte sich jetzt immer von Melanctha verunsichert. Irgend etwas, er wußte es, stimmte jetzt nicht mehr bei ihr. Irgend etwas an ihr machte die Qual jetzt größer, die jede Minute an der Freude zerrte, die er früher immer mit ihr gehabt hatte. Immer fragte Jeff sich jetzt, ob Melanctha ihn liebte. Immer fragte er sich jetzt, ob Melanctha recht hatte, wenn sie sagte, er sei es gewesen, der angefangen hätte. Hatte Melanctha recht, wenn sie sagte, er sei es, der die eigentliche Verantwortung für alle Schwierigkeiten habe, die sie gehabt hatten und jetzt noch miteinander hatten. Wenn sie recht hatte, wie brutal hatte er sich dann immer verhalten. Wenn sie recht hatte, wie gut war sie gewesen, als sie den Kummer ertrug, den er ihr so oft so grausam bereitet hatte. Aber nein, sicherlich hatte sie sich dazu gezwungen, ihn um ihrer selbst willen zu ertragen, nicht um seinetwillen, um ihn glücklich zu machen. Sicherlich war er nicht so verdreht in seinem ganzen langen Nachdenken. Sicherlich konnte er sich richtig erinnern, was da jeden Tag in ihrer langen Liebe geschehen war. Sicherlich war er nicht so ein armseliger Feigling, wie Melanctha immer zu glauben schien. Sicherlich, sicherlich, und dann wurde die Qual mit jeder Minute größer in ihm. Eines Nachts lag Jeff Campbell grübelnd im Bett, und Nacht für Nacht konnte er jetzt nicht schlafen vor lauter Grübeln. Diese Nacht setzte er sich plötzlich im Bett auf, und da wurde ihm alles klar, und er schlug mit der Faust auf sein Kissen, und er schrie es fast hinaus, da allein für sich: »Ich bin nicht so brutal, wie Melanctha gesagt hat. Es ist ganz falsch, daß ich mich mit solchen Gedanken herumgequält habe. Wir haben fair angefangen, keiner für den anderen, sondern jeder für sich selbst, wie wir es wollten. Melanctha Herbert machte es genau, wie ich es gemacht habe, weil es ihr so gut gefiel, daß sie es durchhalten wollte. Es ist ganz falsch von mir, es anders zu sehen, als wie wir es wirklich gemacht haben. Ich weiß jetzt wirklich nicht, ob sie ehrlich und aufrichtig ist in ihrer Liebe. Ich weiß wirklich nicht, wie ich herausfinden soll, ob sie jetzt immer ehrlich und aufrichtig zu mir ist. Ich weiß nur, daß ich sie nie dazu gedrängt habe, mit mir anzufangen. Melanctha muß für ihre eigenen Schwierigkeiten geradestehen, genauso wie ich für meine Schwierigkeiten geradestehen muß. Jeder Mensch muß allein damit fertig werden, wenn er in echten Schwierigkeiten ist. Melanctha, sie erinnert sich bestimmt nicht richtig, wenn sie sagt, ich hätte sie dazu gebracht anzufangen, und dann hätte ich ihr Kummer gebracht. Nein bei Gott, ich war weder feige noch brutal zu ihr. Ich war so, wie ich es ehrlich fühlte, und mehr läßt sich jetzt bestimmt nicht über uns sagen, und jeder hat immer nur für seine eigenen Schwierigkeiten geradezustehen. Ich habe diesmal sicher recht, so wie ich es sehe.« Und Jeff legte sich wieder hin, endlich getröstet, und er schlief, und er war frei von der langen Qual seiner Zweifel.

»Weißt du Melanctha«, begann Jeff, als er das nächste Mal zu einem langen Gespräch mit Melanctha allein war. »Weißt du Melanctha, manchmal denke ich sehr darüber nach, was du so gern sagst übers Mutigsein und Niemals-Jammern. Mir scheint Melanctha, ich verstehe sicher nicht richtig, was du mit Nicht-Jammern meinst. Mir scheint, es zählt sicher nicht nur das, was gleich danach kommt, wenn man geschlagen wurde, ob man tapfer im Ertragen ist, sondern alles, was noch später kommt, wenn du krank wirst von dem Schock, in einem Kampf verletzt worden zu sein, und all das, und all die Fürsorge für dich noch Jahre später und das Leid deiner Familie und all das, du mußt das wirklich aushalten und darfst nicht jammern, um wirklich richtig tapfer zu sein, so wie ich es verstehe.« »Was willst du damit sagen, Jeff.« »Ich meine, mir scheint, wirklich nicht zu jammern heißt, so stark zu sein, daß du nicht zeigst, daß du überhaupt verletzt bist. Mir scheint, Kopfschmerzen zu bekommen von deinem Kummer und es zu zeigen, ist bestimmt nicht tapferer als zu sagen, oh, oh, wie sehr hast du mich verletzt, bitte, verletzte mich nicht mehr. Mir kommt es wirklich gerade so vor, als ob sich viele Leute für so tapfer hielten, nur weil sie aushalten, was wir doch immer einfach aushalten müssen, und jeder hält das aus, und sicher gefällt es keinem von uns, und doch denken die meisten von uns nie, sie seien sehr tapfer, nur weil sie es aushalten müssen.«

»Ich weiß, was du jetzt meinst mit dem, was du jetzt zu mir sagst Jeff Campbell. Du spielst dich jetzt so vor mir auf, weil ich wirklich einmal damit aufgehört habe, alles auszuhalten, was du mir immer gern Grausames antust. Aber so ist es einfach immer mit dir Jeff Campbell, wenn du es wissen willst. Du hast überhaupt kein Gefühl

dafür, was ich dir immer alles verziehen habe.«
»Ich habe es einmal aus Spaß gesagt, Melanctha, aber jetzt meine ich es wirklich ernst, du denkst, du hättest ein Recht, dahin zu gehen, wo du nichts zu suchen hast, und du sagst, ich bin so tapfer, daß mich nichts verletzen kann, und dann passiert es doch immer, daß dich etwas verletzt, und du zeigst dein Verletztsein immer, so daß jeder es sehen kann, und du sagst, ich bin so tapfer, nichts hat mich verletzt außer, daß er wirklich kein Recht dazu hatte, und sieh nur, wie sehr ich leide, aber du wirst mich nie jammern hören, obwohl sicher keiner, der auch nur etwas Gefühl hat und mich leiden sieht, mich je anrühren würde, außer um mir Gutes zu tun. Manchmal verstehe ich wirklich nicht richtig, Melanctha, warum das so viel tapferer sein soll als das ganz gewöhnliche Jammern.«
»Nein Jeff Campbell, und so wie du beschaffen bist, siehst du sicher nicht danach aus, als könntest du jemals sehr viel mehr verstehen.« »Nein, Melanctha, du aber auch nicht. Du denkst immer, du seist der einzige Mensch, der überhaupt richtig leiden kann.« »Ja, und war ich nicht wirklich immer die einzige, die es auch zu ertragen wußte. Nein, Jeff Campbell, ich wäre sicher glücklich, jemanden zu lieben, der es wirklich wert wäre, aber ich bin so, daß ich ihn wohl nie auf dieser Welt finden kann.« »Nein,

und so wie du denkst Melanctha, wirst du es sicher nie schaffen, ihn je zu finden. Kannst du denn nie verstehen Melanctha, daß bestimmt kein Mann auf die Dauer deine Liebe wirklich erhalten kann. Du hast sicher keine tiefen treuen Gefühle in dir, Melanctha, und wenn du nicht immer gleich in einem bestimmten Augenblick sofort etwas empfindest, dann kann dich sicher nichts weiter sonst halten. Siehst du, Melanctha, sicher ist es so mit dir, so, daß du dich nie richtig daran erinnern kannst, was du getan hast oder ein anderer, der mit dir gefühlt hat. Du kannst dich sicher nie richtig erinnern, Melanctha, wenn es darum geht, was du getan hast und was du glaubst, was dir geschieht.« »Du hast wirklich gut reden Jeff Campbell. Du erinnerst dich richtig, weil du dich an nichts erinnerst, bis du nach Hause kommst und alles genau überdenkst, aber ich halte wirklich nicht viel von dieser Art, sich richtig zu erinnern Jeff Campbell. Ich nenne es wirklich richtiges Erinnern Jeff Campbell, wenn man sich in dem Augenblick richtig erinnert, in dem es dir geschieht, damit du ein richtiges Gefühl dafür bekommst, dich nicht so zu verhalten, wie du es mir gegenüber immer getan hast, und dann gehst du nach Hause Jeff Campbell, und du fängst an nachzudenken, und dann ist es sicher sehr leicht für dich, gut und nachsichtig zu sein. Nein, das ist für mich nicht die Art, sich wirklich zu erinnern Jeff Campbell, nicht wie ich es verstehe, damit es die Menschen nicht immer leiden macht, wenn sie darauf warten, daß du es wirklich endlich tust. Mir scheint Jeff Campbell, ich habe es noch nie so empfunden, wie gemein ein Mann sein kann und wie verächtlich, wie an jenem Sommertag, als du mich von dir gestoßen hast, einfach weil du einen deiner Anfälle von Erinnerung bekamst. Nein Jeff Campbell, das richtige Empfinden in jedem Augenblick, wo es gebraucht wird, das scheint mir wirklich wie richtiges Erinnern zu sein. Und auf diese Weise wirst du sicher nie erfahren, wie es richtig sein sollte Jeff Campbell. Nein Jeff, ich war es doch wirklich immer, die es mit dir aushalten mußte. Ich war es doch immer, die wirklich zu leiden hatte, während du nach Hause gingst, um dich zu erinnern. Nein, du hast wirklich noch keinen Sinn dafür Jeff, was du brauchst, um wirklich zu fühlen. Nein, sicher bin ich es, Jeff Campbell, die sich immer für uns beide erinnern muß, immer. So ist es nämlich in Wahrheit mit uns Jeff Campbell, wenn du wissen willst, was ich immer darüber denke.« »Du bist wirklich richtig bescheiden, Melanctha, wenn du so redest, wirklich Melanctha«, sagte Jeff Campbell lachend. »Ich denke manchmal, Melanctha, daß ich sicher furchtbar eingebildet bin, wenn ich manchmal denke, ich stehe ganz außerhalb, und wenn ich denke, ich bin sicher sehr gescheit und besser als die meisten, mit denen ich bisher zu tun hatte, aber wenn ich dich so reden höre Melanctha, denke ich wirklich, daß ich ein richtig bescheidener Kerl bin.« »Bescheiden!« sagte Melanctha aufgebracht. »Bescheiden, das ist aber wirklich komisch Jeff wenn du dich selbst so nennst auch wenn du dabei lachst.« »Nun es kommt sicher sehr darauf an, was du dir darunter vorstellst«, sagte Jeff Campbell. »Ich habe sonst nie gedacht, daß das meine Stärke ist, wirklich bescheiden zu sein Melanctha, aber jetzt, wo ich dich reden höre, weiß ich, daß ich es wirklich bin. Ich sehe die ganze Zeit, es leben viele Menschen, die genausogut sind wie ich, wenn sie auch ein wenig anders sind als ich. Aber du Melanctha, wenn ich richtig verstehe, was du sagst, du denkst das von keinem anderen, den du je gekannt hast.« »Ich könnte sicher auch richtig bescheiden sein, Jeff Campbell«, sagte Melanctha, »wenn ich einmal jemandem begegnen würde, den ich auch noch weiter achten könnte, wenn ich schon richtig vertraut mit ihm wäre. Aber ich bin bisher wirklich noch nie so einem begegnet, Jeff Campbell, wenn du es wissen willst.« »Nein, Melanctha, und bei deiner Art zu denken sieht es bestimmt nicht danach aus, als wenn du es je würdest, mit deiner Eigenschaft, dich an nichts zu erinnern, nur an das, was du im Augenblick gerade in dir fühlst, und wo du doch nie verstehst, was irgendein anderer je fühlt, wenn er nicht genauso jammert wie du. Nein Melanctha, ich sehe wirklich keine Möglichkeit, wie du je einem begegnen könntest, der so gut wäre, wie du immer zu sein glaubst.« »Nein, Jeff Campbell, so wie du sagst, ist es wirklich überhaupt nicht mit mir. Und zwar weil ich immer weiß, was ich will, wenn ich es bekomme. Ich muß sicher nie warten, bis ich es habe, und dann wegwerfen, was ich in mir habe, und dann zurückkommen und sagen, ich habe da gerade einen Fehler gemacht, es ist ja überhaupt nicht so, wie ich es verstanden habe, ich möchte jetzt so gern das haben, von dem ich nicht dachte, daß ich es wollte. Eben weil ich auf die Weise genau weiß, was ich will, habe ich das Gefühl, daß mir keiner gewachsen ist, wenn ich etwas fühle, Jeff Campbell. Das kann ich wirklich sagen Jeff Campbell, daß ich nicht viel davon halte, wie du es immer machst, wenn du nie weißt, was du eigentlich willst, und jeder muß immer darunter leiden. Nein Jeff, ich glaube wirklich, da gibt es kaum einen Zweifel, wer besser ist und der Stärkere von uns beiden, Jeff Campbell.«

»Wie du willst, Melanctha Herbert«, schrie Jeff Campbell, und er stand auf, und er stieß einen schwarzen Fluch aus, und er war wild entschlossen, sie jetzt für immer zu verlassen, und dann nahm er sie mit derselben Bewegung in seine Arme und hielt sie fest.

»Was bist du doch für ein Dummkopf, Jeff Campbell«, flüsterte Melanctha zärtlich.

»O ja«, sagte Jeff ganz niedergeschlagen. »Ich konnte noch nie lange wirklich böse mit jemandem sein, schon früher nicht, als ich noch ein kleiner Junge war und spielte. Ich habe höchstens manchmal geweint, ich konnte nicht wirklich böse werden und es lange durchhalten, so wie es die anderen immer alle gemacht haben. Es hat wirklich keinen Sinn für mich Melanctha, ich kann wirklich nicht lange mit dir böse sein Melanctha, meine Liebe. Aber denke nur nie, es ist, weil ich denke, du hättest recht mit dem, was du eben zu mir gesagt hast. Das denke ich wirklich nicht Melanctha, ehrlich, obwohl ich sicher nicht böse sein kann, wie ich sollte. Nein Melanctha, kleines Mädchen, wirklich wahr, du hast nicht recht, so wie du darüber denkst. Ich weiß das wirklich Melanctha, ehrlich. Du tust mir wirklich unrecht Melanctha, wenn du so denkst wie du sagst. Leb wohl Melanctha, obwohl du sicher für immer mein einziges kleines Mädchen bist.« Und dann waren sie einen Augenblick sehr gut zueinander, und dann ging Jeff für diesen Abend von ihr fort.

Melanctha hatte nun wieder angefangen umherzustreifen. Melanctha streifte jedoch nicht dauernd umher, aber ein wenig hatte sie jetzt das Bedürfnis, wieder damit anzufangen, nach anderen zu suchen. Jetzt war Melanctha Herbert bald wieder mit einigen der besseren schwarzen Mädchen zusammen, und mit ihnen streifte sie manchmal umher. Melanctha hatte noch nicht wieder das Bedürfnis, allein zu sein, wenn sie umherstreifte.

Jeff wußte nicht, daß Melanctha wieder angefangen hatte umherzustreifen. Jeff wußte nur, daß er jetzt nicht mehr so oft bei ihr sein konnte. Jeff wußte nie, wie es mit ihm dahin gekommen war, aber er dachte jetzt nie mehr daran, Melanctha zu besuchen, wenn er sie nicht vorher gefragt hatte, ob sie dann wohl Zeit für ihn hätte. Dann dachte Melanctha jedesmal einen Augenblick nach, und dann sagte sie zu ihm: »Laß mich mal sehen, Jeff, morgen hast du gerade gesagt. Ich habe wirklich furchtbar viel zu tun, weißt du, gerade jetzt Jeff. Es sieht für mich wirklich diese Woche so aus Jeff, daß ich gar nichts festlegen kann. Sicher möchte ich dich bald sehen Jeff. Aber ich muß jetzt wirklich etwas mehr tun ich habe soviel Zeit vertan, als ich nichts zu tun hatte und bloß mit dir zusammen war, wenn du mich gebeten hast. Jetzt fürchte ich Jeff, ich kann dich diese Woche wirklich nicht mehr sehen bei allem, was ich zu tun habe.« »In Ordnung Melanctha«, erwiderte Jeff, und er war sehr böse. »Ich komme jetzt bestimmt nur noch dann, wenn du mich willst Melanctha.« »Nun Jeff weißt du, ich kann wirklich nicht immer alle anderen vernachlässigen, nur um dich zu sehen. Besuch mich doch nächste Woche Dienstag Jeff, hörst du. Ich glaube Jeff, Dienstag habe ich sicher nicht soviel zu tun.« Jeff ging dann fort und ließ sie allein, und er war verletzt und sehr böse, denn es war schwer für einen Mann, der so viel Stolz in sich hatte wie Jeff Campbell, sich nicht besser zu fühlen als ein Bettler. Und doch kam er immer, wie sie es bestimmte, an dem Tag, den sie für ihn festgesetzt hatte, und noch immer war sich Jeff Campbell nicht sicher, ob er wirklich verstand, was Melanctha eigentlich wollte. Immer sagte Melanctha zu ihm, ja sie liebe ihn, das wisse er doch. Immer sagte Melanctha zu ihm, daß sie ihn wirklich genauso liebe wie immer, nur wisse er doch, daß sie jetzt wirklich sehr beschäftigt sei mit allem, was sie jetzt wirklich zu tun hätte. Jeff wußte nie, was Melanctha jetzt zu tun hatte, weshalb sie immer so beschäftigt war, aber Jeff wollte Melanctha auch nie danach fragen. Außerdem wußte Jeff, daß Melanctha Herbert ihm in solch einem Fall nie eine richtige Antwort geben würde. Jeff wußte nicht, ob es daran lag, daß Melanctha keine einfache Antwort geben konnte. Wie sollte er, Jeff, außerdem wissen, was wichtig für sie war. Jeff Campbell spürte immer sehr stark in sich, daß er kein Recht hatte, sich in irgend etwas Praktisches von Melanctha einzumischen. Darin hatten sie einander niemals irgendwelche Fragen gestellt. Darin hatten sie sich beide nie berechtigt gefühlt, sich umeinander zu kümmern. Und Jeff fühlte sich jetzt weniger denn je dazu berechtigt, wissen zu wollen, was Melanctha für gut hielt, in dieser oder jener Lebenslage zu tun. Die einzige Frage, zu der Jeff sich berechtigt fühlte, war die nach ihrer Liebe.

Jeff erfuhr jetzt von Tag zu Tag mehr, wie sehr er wirklich leiden konnte. Manchmal schmerzte es ihn so, wenn er allein war, daß er die Tränen nicht unterdrücken konnte, die ihm langsam herunterliefen. Aber mit jedem Tag, an dem Jeff Campbell jetzt mehr erkannte, wie es ihn schmerzen konnte, verlor er das Gefühl tiefer Ehrfurcht, das er früher immer vor Melancthas Gefühlen gehabt hatte. Leiden war im Grunde nicht so viel, dachte Jeff Campbell, wenn sogar er fühlen konnte, wie es ihn schmerzte. Es verletzte ihn furchtbar, ebenso wie er, das wußte er, Melanctha einst verletzt hatte, und doch konnte auch er es fühlen und ohne jedes Jammern ertragen.

Weichherzige Naturen, die fast nie starke leidenschaftliche Gefühle haben, werden oft härter, wenn sie leiden müssen. Wenn sie nicht aus eigener Erfahrung wissen, was es bedeutet zu leiden, ist Leiden für sie etwas ganz Schreckliches, und sie möchten am liebsten jedem helfen, der leiden muß, und sie haben eine tiefe Verehrung für jeden, der wirklich weiß, wie es ist, immer zu leiden. Aber wenn die Reihe an sie kommt, wirklich zu leiden, beginnen sie bald ihre Furcht und Weichheit und ihr Staunen zu verlieren. Aber es ist ja gar nicht soviel dabei, zu leiden, wenn sogar ich es ertragen kann. Es ist nicht sehr angenehm, es immer aushalten zu müssen, aber sie sind im Grunde nicht soviel weiser, die anderen alle, nur weil sie es auch ertragen können.
Leidenschaftliche Naturen, die sich immer selbst in die Lage bringen zu leiden, das heißt, all jene Menschen, deren Gefühle wie ein Schmerz über sie hereinbrechen, werden immer weicher, wenn sie leiden, und es tut ihnen immer gut zu leiden. Weichherzige, leidenschaftslose und bequeme Naturen werden immer viel härter, wenn sie leiden, denn so verlieren sie die Furcht und Bewunderung und das Staunen, das sie früher für jeden hatten, der leiden mußte, denn jetzt wissen sie selbst, was leiden bedeutet, und es ist nicht mehr so schrecklich für sie,

wenn sie es genau wie alle anderen ertragen können.

Und so erging es in diesen Tagen Jeff Campbell. Jeff wußte jetzt immer in seinem Innern, was es bedeutet, wirklich zu leiden, und jeden Tag, den er damit zubrachte, konnte er Melanctha jetzt besser verstehen. Jeff Campbell liebte Melanctha Herbert immer noch, und er hatte immer noch wirklich Vertrauen zu ihr, und er hatte immer noch eine kleine Hoffnung, daß sie eines Tages wieder zusammenfinden würden, aber langsam, mit jedem Tag, wurde diese Hoffnung in ihm immer schwächer. Sie verbrachten immer noch ziemlich viel Zeit zusammen, aber jetzt vertrauten sie einander nie mehr richtig. In der Zeit, als sie noch dauernd zusammen waren, hatte Jeff das Gefühl gehabt, er wisse nicht viel darüber, was in Melanctha vorging, aber er wußte damals sehr gut, wie tief sein Vertrauen immer zu ihr war; jetzt kannte er Melanctha Herbert besser, aber jetzt fühlte er nie mehr tiefes Vertrauen zu ihr. Jetzt konnte Jeff nie mehr wirklich ehrlich zu ihr sein. Er zweifelte noch keineswegs daran, daß sie ihm treu war, aber irgendwie konnte er nicht mehr so richtig an Melancthas Liebe glauben.

Melanctha Herbert war jetzt immer ein wenig böse, wenn Jeff sie fragte. »Ich habe noch nie vorher jemandem mehr als eine Chance gegeben

Jeff, und ich habe dir sicher mehr als hundert gegeben Jeff, hörst du.« »Und warum solltest du mir nicht eine Million geben Melanctha, wenn du mich wirklich liebst!« stieß Jeff sehr zornig hervor. »Ich weiß wirklich nicht, womit du das bei mir verdient hättest, Jeff Campbell.« »Doch nicht vom Verdienen rede ich mit dir Melanctha. Vom Lieben rede ich, und wenn du mich wirklich liebtest, würdest du das bestimmt niemals Chance nennen.« »Sicher Jeff, du wirst jetzt wohl furchtbar weise mir gegenüber, nicht wahr Jeff.« »Nein das werde ich nicht Melanctha, und ich bin auch nicht eifersüchtig deinetwegen. Ich zweifle nur wegen der Art, wie du mich immer behandelst.« »O ja Jeff, das sagen sie alle, genau das, wenn sie wirklich durch und durch eifersüchtig sind. Du hast keinen Grund, eifersüchtig zu sein Jeff, und ich habe dieses ganze Gerede jetzt furchtbar satt, hörst du.«

Jeff Campbell fragte Melanctha nie wieder, ob sie ihn liebte. Nun wurde allmählich alles immer schlimmer zwischen ihnen. Nun war Jeff immer ganz schweigsam bei Melanctha. Nun wollte Jeff nie mehr ehrlich zu ihr sein, und nun hatte Jeff ihr nie mehr viel zu sagen.

Wenn sie jetzt zusammen waren, sprach Melanctha meistens. Jetzt hatte sie oft andere Mädchen bei sich. Melanctha war immer freundlich zu Jeff Campbell, aber sie schien jetzt nie mehr das Bedürfnis zu haben, mit ihm allein zu sein. Sie behandelte Jeff immer wie ihren besten Freund, und sie sprach auch immer so mit ihm, und doch schien sie ihn jetzt nie mehr so oft sehen zu wollen.

Mit jedem Tag wurde es schwerer für Jeff Campbell. Es war, als wenn Melanctha ihn jetzt, da er gelernt hatte, sie richtig zu lieben, nicht mehr brauchte. Jeff wußte das im Innern allmählich ganz genau.

Jeff Campbell wußte noch nicht, daß Melanctha wieder angefangen hatte umherzustreifen. Jeff war nicht so schnell bereit, Melanctha zu verdächtigen. Jeff wußte nur, daß er ihr jetzt nicht mehr glaubte, daß sie ihn wirklich liebte.

Jeff hatte jetzt überhaupt keinen Zweifel mehr in sich. Er wußte jetzt ganz genau, daß er Melanctha wirklich liebte. Er wußte jetzt ganz genau, daß sie keine wahre Religion mehr für ihn war. Jeff Campbell wußte jetzt im Innern auch ganz genau, daß er Melanctha nicht wirklich wollte, wenn er ihr jetzt nicht mehr vertrauen konnte, obwohl er sie sehr liebte und jetzt wirklich wußte, was es bedeutete, zu leiden.

Mit jedem Tag war Melanctha Herbert ihm jetzt weniger nahe. Sie war immer sehr freundlich in ihren Worten und wenn sie bei ihm war, aber irgendwie war das jetzt nie mehr ein Trost für ihn.

Melanctha Herbert hatte jetzt immer viele Freunde um sich. Jeff Campbell wollte nie mit ihnen zusammensein. Jetzt fand Melanctha es allmählich immer schwieriger, wie sie oft zu ihm sagte, es so einzurichten, daß sie mit ihm allein war. Manchmal verspätete sie sich. Dann versuchte Jeff immer, geduldig zu warten, denn Jeff Campbell konnte sich sehr gut erinnern, und er wußte, es war nur gerecht, daß er das nun von ihr erdulden mußte. Dann fing Melanctha damit an, es oft so einzurichten, daß sie ihn gar nicht sah, und einmal ging sie fort, als sie ihm versprochen hatte, da zu sein und ihn zu treffen.
Da war Jeff wirklich zornerfüllt. Nun wußte er, er würde sie nie wieder wirklich begehren können. Nun wußte er, er würde ihr nie wieder wirklich vertrauen können.
Jeff Campbell erfuhr nie, warum Melanctha nicht zu dem Treffen mit ihm gekommen war. Jeff hatte jetzt darüber reden hören, daß Melanctha Herbert wieder angefangen hatte umherzustreifen. Jeff Campbell sah manchmal noch Jane Harden, weil sie immer einen Arzt brauchte, der oft bei ihr war, um ihr zu helfen. Jane Harden wußte immer ganz genau, was mit Melanctha los war. Jeff Campbell sagte nie etwas zu Jane Harden über Melanctha. Jeff hielt immer zu Melanctha. Jeff ließ Jane Harden nie mehr viel über Melanctha sagen, obgleich er sie

nie wissen ließ, daß er sie jetzt liebte. Aber irgendwie wußte Jeff jetzt über Melanctha Bescheid, und er wußte von einigen Männern, die Melanctha sehr oft mit Rose Johnson traf.
Jeff Campbell erlaubte sich nicht, wirklich an Melanctha zu zweifeln, aber Jeff wußte jetzt allmählich ganz genau, daß er sie nicht wollte. Melanctha Herbert hatte ihn nie so geliebt, das wußte er jetzt, wie er einmal gedacht hatte, daß sie es empfinden konnte. Einst war sie für ihn großartiger gewesen, als er geglaubt hatte, je empfinden zu können. Jetzt war Jeff so weit gekommen, daß er Melanctha Herbert verstehen konnte. Jeff war nicht verbittert über sie, weil sie ihn nicht wirklich lieben konnte, er war nur verbittert, weil er es sich erlaubt hatte, sich eine richtige Illusion zu machen. Er war auch ein wenig verbittert, weil er nun verloren hatte, was er als echt empfunden hatte in dieser Welt und was sie für ihn mit Schönheit erfüllt hatte, und nun hatte er diesen neuen Glauben nicht wirklich erlangt, und er hatte verloren, was er vorher besaß, das Wissen, was gut und wirklich schön war.
Jeff Campbell war jetzt so zornig, weil er Melanctha gebeten hatte, immer ehrlich zu ihm zu sein. Jeff konnte es von ihr ertragen, daß sie ihn nicht liebte, er konnte es nicht von ihr ertragen, daß sie nicht ehrlich zu ihm war. Jeff

Campbell ging nach Hause, als Melanctha nicht gekommen war, und er war innerlich verwundet und voller Zorn.

Jeff Campbell war sich nicht sicher, was er tun sollte, damit er es vor sich selbst rechtfertigen konnte. Sicher mußte er jetzt stark sein und sich von dieser Liebe befreien, und doch war er sicher, daß er jetzt wahres Wissen in sich hatte. War er sicher, daß Melanctha Herbert nie wirklich tiefe Liebe für ihn empfunden hatte. War er sicher, daß Melanctha Herbert nie seine Verehrung verdient hatte. Immer hatte Jeff jetzt diese Qual in sich, aber immer mehr fühlte er jetzt, daß Melanctha nie wirklich großartig für ihn war.

Jeff wartete ab, ob Melanctha ihm eine Nachricht schicken würde. Melanctha Herbert schickte ihm keine einzige Zeile.

Schließlich schrieb Jeff einen Brief an Melanctha. »Liebe Melanctha, ich weiß bestimmt daß du nicht krank warst in der letzten Woche als du nicht zu dem Treffen gekommen bist wie du es versprachst, und hast mir nie eine Nachricht geschickt warum du es so gemacht hast, wie du es doch bestimmt nicht richtig finden konntest mir gegenüber. Jane Harden hat gesagt sie hätte dich an dem Tag gesehen und du seist mit ein paar Leuten ausgegangen mit denen du jetzt gern zusammen bist. Mißversteh mich jetzt nicht wieder Melanctha. Ich liebe dich nun weil das meine langsame Art ist zu lernen was du mich gelehrt hast, aber ich weiß jetzt, daß du sicher nie das hattest was mir echtes Gefühl zu sein scheint. Ich liebe dich jetzt nicht mehr Melanctha wie einen wahren Glauben, weil ich jetzt weiß daß du genauso bist wie wir alle. Ich weiß jetzt, daß kein Mann dich je wirklich halten kann weil kein Mann dir je wirklich vertrauen kann, weil du es gut meinst Melanctha aber dich nie erinnern kannst, und darum hast du sicher nie die Möglichkeit ehrlich zu sein. Deshalb versteh mich jetzt bitte richtig Melanctha, es ist durchaus nicht so daß ich dich nicht zu lieben wüßte. Ich weiß dich jetzt tatsächlich zu lieben, Melanctha, wirklich. Du weißt das sicher auch von mir, Melanctha. Du kannst mir wirklich immer vertrauen. Und deshalb Melanctha kann ich dir jetzt wirklich ehrlich sagen, daß ich in meiner Art zu fühlen besser bin als du. Und deshalb Melanctha, will ich nie wieder eine Belastung für dich sein. Du hast mir sicher für manches die Augen geöffnet Melanctha, was ich sonst nie kennengelernt hätte. Du bist sehr gut und geduldig zu mir gewesen, als ich dir sicher mit meinen Gefühlen unterlegen war. Ich war sicher nie auch nur annähernd so gut und geduldig zu dir Melanctha, ich weiß das sicher Melanctha. Aber Melanctha, für mich bedeutet immer gut zueinander sein wirklich, daß zwei Menschen sich wirklich gegenseitig für gleich gut halten, um sich richtig zu lieben Melanctha. Und es darf für mich wirklich nie das Gefühl aufkommen, daß der eine nur nimmt und der andere einfach nur gibt, Melanctha. Ich weiß du verstehst mich jetzt sicher überhaupt nicht Melanctha, aber das macht nichts. Ich weiß sicher, was ich jetzt für dich wirklich empfinde Melanctha. Und so leb denn wohl jetzt für immer Melanctha. Wenn ich sage, daß ich dir nie mehr wirklich richtig vertrauen kann Melanctha, so kommt das wirklich einfach von deiner Art, daß du wirklich nie gleich fühlst wie andere, Melanctha, und von deiner Art, daß du dich nie richtig erinnern kannst. Auf manche Weise vertraue ich dir wirklich sehr Melanctha, und ich spüre auch wirklich all die liebe Zärtlichkeit sehr, die du wirklich echt in dir hast Melanctha. Es liegt nur an deiner Liebe zu mir Melanctha. Du kannst nie gleich sein wie ich und so kann ich es wirklich nie mehr ertragen. Also dann, Melanctha, ich werde immer dein Freund sein, wenn du mich brauchst, und jetzt werden wir einander nie mehr sehen und miteinander sprechen.«

Und dann grübelte Jeff Campbell und grübelte, und er konnte jetzt nie einen Weg finden, es anders zu sehen, und so schickte er endlich diesen Brief an Melanctha ab. Und jetzt war natürlich alles vorbei für Jeff Campbell. Natürlich durfte er Melanctha jetzt nicht mehr kennen. Und doch, vielleicht liebte Melanctha ihn wirklich. Und dann würde sie wissen, wie sehr es ihn schmerzte, sie niemals, auf keine Weise mehr zu sehen, und vielleicht würde sie es ihm in ein paar Zeilen schreiben. Aber es war töricht von Jeff, so etwas überhaupt zu denken. Selbstverständlich würde Melanctha ihm kein Wort schreiben. Es war jetzt alles vorbei für immer, alles zwischen ihnen, und Jeff empfand es richtig als Erleichterung.

Viele Tage lang empfand Jeff Campbell es jetzt nur als Erleichterung. Jeff Campbell war jetzt ganz in sich verschlossen und ruhig. Es setzte sich jetzt alles schwer in ihm ab, und in den Tagen, als es so tief hinabsank, war die Ruhe und Stille des Nicht-Kämpfens das einzige, was er wirklich in sich fühlen konnte. Jeff Campbell konnte jetzt nicht denken oder etwas anderes in sich fühlen. Er konnte weder Schönheit noch irgendeine Güte um sich herum wahrnehmen. Es war eine dumpfe, angenehme Ruhe, die er jetzt in sich hatte. Jeff begann beinahe, diese dumpfe Ruhe in sich zu lieben, denn sie war fast so etwas wie Freiheit für ihn, mehr als alles, was er in sich gespürt hatte, seitdem Melanctha Herbert ihn zum erstenmal im Innern berührt hatte.

Er empfand es jedoch für sich noch nicht als wirkliche Ruhe, er hatte es eigentlich noch nicht überwunden, was so lange in ihm gearbeitet hatte, er hatte noch nicht gelernt, Schönheit und wahre Güte in dem zu sehen, was ihm geschehen war, aber es war Ruhe, auch wenn er jetzt noch ganz benommen war. Jeff Campbell war sehr froh, daß er nun nicht ständig mit sich zu kämpfen hatte.
Und so lebte Jeff Tag für Tag weiter, und er war ruhig, und er fing wieder an, sich bei seiner Arbeit zu beobachten; und er sah jetzt keine Schönheit um sich herum, und es war jetzt immer dumpf und schwer in ihm, und doch war er zufrieden, daß er so weit gegangen war und an dem festgehalten hatte, was er für sich als den richtigen Weg erkannt hatte, auf den es zurückzukehren galt, nämlich ordentlich zu sein und Schönheit in jeder ruhigen Lebensweise zu sehen, so wie er es immer für sich und für alle Farbigen angestrebt hatte. Er wußte, er hatte das Gefühl der Freude verloren, das ihn früher einmal ganz durchdrungen hatte, aber er konnte arbeiten, und vielleicht konnte er eines Tages etwas zurückgewinnen von dem echten Glauben an die Schönheit, die er jetzt nicht mehr sehen konnte um sich herum.
Und so arbeitete Jeff Campbell weiter, und er blieb jeden Abend zu Hause, und er begann

wieder zu lesen, und er sprach nicht viel, und es kam ihm selbst nicht so vor, als hätte er irgendwelche Gefühle.
Und eines Tages dachte Jeff, daß er vielleicht wirklich schon dabei sei, zu vergessen, eines Tages dachte er, er könnte bald zurückfinden und glücklich sein in seiner früheren geordneten und ruhigen Art zu leben.
Jeff Campbell hatte nie mit jemandem über das gesprochen, was in ihm vorging. Jeff Campbell redete gern, und er war offen, aber er zeigte nie, was er wirklich fühlte, er sprach nur von dem, worüber er stets nachdachte. Jeff Campbell war immer sehr stolz darauf, daß er verbarg, was er wirklich fühlte. Immer errötete er tief, wenn er daran dachte, was er gefühlt hatte. Nur bei Melanctha Herbert hatte er je sagen können, was er fühlte.
Und so lebte Jeff Campbell weiter, in sich immer dumpf und träge, schwer und ruhig, und er schien nie fähig zu sein, irgendein Gefühl zu haben. Nur manchmal erschauerte er heiß vor Scham, wenn er sich an das erinnerte, was er einmal empfunden hatte. Und dann erwachte eines Tages alles und wurde sehr deutlich in ihm.
Dr. Campbell verbrachte damals viel Zeit bei einem kranken Mann, der vielleicht bald sterben würde. Eines Tages ruhte der Kranke. Dr. Campbell ging ans Fenster, um ein wenig hin-

auszuschauen, während er wartete. Es war sehr früh im südlichen Frühjahr. Die Bäume fingen gerade an, die kleinen Zickzackkräusel zu bekommen, die aus den jungen Knospen entstehen. Die Luft war weich und feucht und angenehm für sie. Die Erde war naß und reich für sie und roch. Die Vögel lärmten laut und schrill überall um sie herum. Der Wind war ganz sanft zu ihnen und doch drängend. Und die Knospen und die langen Regenwürmer und die Schwarzen und all die verschiedenen Kinder kamen mit jeder Minute weiter heraus in den neuen Frühling, den feuchten, südlichen Sonnenschein. Jeff Campbell begann auch ein wenig von seiner alten Freude in sich zu spüren. Die träge Ruhe in ihm begann aufzubrechen. Er lehnte sich weit aus dem Fenster, um sich von allem durchdringen zu lassen. Sein Herz klopfte laut, und dann stand es fast still. War das Melanctha Herbert, die er gerade hatte vorbeigehen sehen? War es Melanctha, oder war einfach ein anderes Mädchen der Grund, daß er sich jetzt in seinem Innern so elend fühlte? Nun, es war gleichgültig, Melanctha war in der Welt rings um ihn, er war sich dessen wirklich immer bewußt. Melanctha Herbert war immer in derselben Stadt mit ihm, und er konnte sie nie mehr nahe fühlen. Was für ein Narr war er gewesen, sie von sich zu stoßen. Wußte er, daß sie ihn nicht wirklich liebte. Angenommen, Melanctha litte jetzt seinetwegen. Angenommen, sie wäre wirklich froh, ihn zu sehen. Und hatte irgend etwas anderes, was er tat, jetzt wirklich eine Bedeutung für ihn? Was für ein Narr war er gewesen, sie von sich wegzujagen. Und doch, wollte Melanctha ihn, war sie ehrlich zu ihm, hatte Melanctha ihn je geliebt, und litt Melanctha jetzt seinetwegen? Oh! Oh! Oh! und die bitteren Tränen stiegen wieder in ihm hoch.

Den ganzen langen Tag, während der warme feuchte junge Frühling sich in ihm regte, arbeitete Jeff Campbell und dachte nach und schlug sich an die Brust und streifte umher und redete laut mit sich und schwieg und war sich sicher und dann im Zweifel und dann begierig, wirklich zu fühlen, und dann ganz benommen; und er ging spazieren, und manchmal rannte er ganz schnell, damit er sich in seinem Vorwärtsstürmen verlieren konnte, und er kaute an seinen Nägeln, bis sie schmerzten und bluteten, und er raufte sich die Haare, um sicher zu sein, daß er wirklich fühlte, und er wußte einfach nicht, was er jetzt am besten tun sollte. Und spät in der Nacht schrieb er dann alles heraus an Melanctha Herbert, und er beeilte sich, es abzuschicken, ohne sich Zeit zu lassen, noch etwas zu ändern.

»Es ist mir heute erschreckend klargeworden Melanctha, daß ich vielleicht unrecht habe, so

wie ich jetzt denke. Vielleicht möchtest du furchtbar gern, daß ich bei dir bin. Vielleicht habe ich dich wieder einmal verletzt, wie ich es schon früher getan habe. Sicher Melanctha, wenn ich das wirklich annehmen muß, will ich dir ganz sicher nie wieder unrecht tun. Wenn du es so empfindest, wie es mir heute klargeworden ist, daß du so empfinden könntest, dann sag es mir Melanctha, und ich komme wieder zu dir. Wenn nicht, sag gar nie mehr etwas zu mir. Ich will nie mehr schlecht zu dir sein Melanctha, wirklich. Ich will dich niemals wieder quälen. Ich kann den Gedanken nie ertragen, daß ich unrecht habe; wirklich, zu denken, du wolltest nicht, daß ich zu dir komme. Sag mir Melanctha, sag mir ehrlich, soll ich jetzt überhaupt noch zu dir kommen?« »Ja«, kam die Antwort von Melanctha, »ich werde heute abend zu Hause sein Jeff, um dich zu sehen.«
Jeff Campbell ging an diesem Abend spät zu Melanctha Herbert. Als Jeff näher kam, zweifelte er daran, daß er wirklich bei ihr sein wollte, er hatte das Gefühl, daß er nicht wußte, was er jetzt eigentlich von ihr wollte. Jeff Campbell wußte jetzt sehr gut, tief in seinem Innern, daß sie sich über ihre Schwierigkeiten nie würden aussprechen können. Was wollte Jeff Melanctha Herbert jetzt eigentlich sagen? Was konnte Jeff Campbell ihr jetzt eigentlich sagen? Sicher

konnte Jeff es jetzt nie mehr lernen, ihr zu vertrauen. Sicher wußte Jeff alles ganz genau, was Melanctha immer schon in sich hatte. Und doch war es schrecklich, sie nie mehr wiederzusehen. Jeff Campbell ging zu Melanctha hinein, und er küßte sie, und er hielt sie fest, und dann trat er zurück, und er stand still und schaute sie an. »Nun Jeff!« »Ja Melanctha!« »Jeff was hat dich nur dazu getrieben, mich so zu behandeln?« »Du weißt ganz genau Melanctha, daß ich immer denke, du liebst mich nicht, und du behandelst mich nur aus Freundlichkeit so gut, und dann, Melanctha, hast du mir wirklich nie gesagt, warum du einfach nicht zu dem Treffen gekommen bist, wie du es mir ja versprochen hattest für den Tag, an dem ich dich überhaupt nicht gesehen habe!« »Jeff weißt du es wirklich nicht mit Sicherheit, daß ich dich immer liebe?« »Nein Melanctha, ich weiß es tatsächlich nicht. Wirklich und wahrhaftig Melanctha, wenn ich das nur wüßte, ich würde dich bestimmt nie mehr quälen.« »Jeff, mir scheint, ich liebe dich wirklich, immer mehr, du hättest das wirklich spüren müssen.« »Sicher Melanctha?« »Sicher Jeff, Junge, du weißt das.« »Aber Melanctha, warum hast du mich dann so behandelt?« »O Jeff du hast mich wirklich so gequält. Ich mußte einfach an dem Tag weggehen Jeff, und ich hatte wirklich nicht die Absicht, es dir nicht zu sagen, und dann bekam ich diesen Brief, den du geschrieben hast, und irgend etwas passierte dann mit mir. Ich weiß nicht mehr genau, was es war Jeff, ich wurde einfach so etwas wie ohnmächtig, und was konnte ich tun Jeff, du sagtest ja, du wolltest sicher nie mehr zu mir kommen!« »Und trotzdem Melanctha, auch wenn du gewußt hättest, daß es mich fast umgebracht hat, so zu dir zu sein, hättest du mir nie etwas gesagt?« »Natürlich nicht, wie konnte ich Jeff, wenn du so an mich geschrieben hast. Ich weiß, was du für mich empfunden hast Jeff, aber ich konnte dir wirklich nichts sagen.« »Nun Melanctha, ich weiß wohl, daß ich auch recht stolz bin, aber ich hätte dich sicher nie so behandeln können Melanctha, wenn ich irgendwie auch nur geahnt hätte, daß du mich je wirklich geliebt hast. Nein Melanctha Liebling, du und ich, wir empfinden sicher nie sehr ähnlich. Trotzdem Melanctha, ich liebe dich wirklich aufrichtig Melanctha.« »Und ich liebe dich auch Jeff, auch wenn du es mir wirklich nie zu glauben scheinst.« »Nein ich glaube es dir sicher nicht Melanctha, auch wenn du es mir sagst. Ich weiß nicht wie Melanctha, aber ich vertraue dir wirklich, nur glaube ich jetzt nie mehr daran, daß du mich wirklich liebst. Ich weiß sicher, daß du mir immer vertraust Melanctha, nur stimmt es irgendwie nie mehr für mich. Ich weiß wirklich nicht Melanctha, wie ich es dir anders sagen könnte.« »Nun ich kann dir da sicher in keiner Weise mehr helfen Jeff Campbell, obwohl du sicher recht hast damit, wenn du sagst, daß ich dir jetzt immer vertraue Jeff. Du bist für mich sicher der beste Mann Jeff Campbell, den ich je kennen werde. Ich habe nie gedacht, daß sich das je für mich ändern könnte.« »Gut du vertraust mir also Melanctha, und ich liebe dich wirklich Melanctha, und mir scheint Melanctha, du und ich, wir hätten ein bißchen besser sein sollen als wir es jetzt immer sind, wenn wir zusammen sind. Du denkst sicher auch so Melanctha. Aber vielleicht liebst du mich wirklich. Sag mir jetzt, bitte, wirklich ehrlich Melanctha Liebling, sag es mir, damit ich es wirklich immer in mir weiß, liebst du mich wirklich aufrichtig?« »O du dummer, dummer Junge, Jeff Campbell. Dich lieben, was glaubst du wohl, warum ich dir immer wieder verzeihe. Wenn ich dich nicht wirklich immer geliebt hätte Jeff, hätte ich es mir bestimmt nie von dir gefallen lassen, daß du mich die ganze Zeit immer so gequält hast, wie du es wirklich immer getan hast Jeff. Nun wag es nur nie mehr, solche Worte zu mir zu sagen. Hörst du mich Jeff, oder ich tue mal etwas wirklich Schlimmes, so daß ich dir wirklich weh tue. Nun sei nur noch gut zu mir Jeff.

Du weißt Jeff, wie sehr ich das brauche, nun sollst du immer gut zu mir sein!«
Jeff Campbell konnte Melanctha keine Antwort darauf geben. Was sollte er ihr jetzt sagen? Welche Worte konnten ihm helfen, ihrer beider Gefühle besser zu machen? Jeff Campbell wußte, daß er gelernt hatte, tief zu lieben, das wußte er jetzt immer ganz genau in seinem Innern, Melanctha hatte gelernt, stark zu sein und immer zu vertrauen, auch das wußte er jetzt in seinem Innern, aber Melanctha liebte ihn nicht wirklich, das empfand er jetzt immer nur allzu stark. Diese Tatsache war ihm immer gegenwärtig und sie drängte sich immer entschlossen zwischen sie. Und so machte dieses Gespräch nichts wirklich besser für sie.
Jeff war jetzt nie mehr eine Qual für Melanctha, er war nur schweigsam ihr gegenüber. Jeff sah Melanctha oft, und er war sehr freundlich zu ihr, und er quälte sie nicht mehr. Jeff hatte jetzt nie mehr viel Gelegenheit, sie zu lieben. Melanctha war jetzt nie mehr allein, wenn er sie sah.
Melanctha Herbert war gerade voller Kummer um Jeff Campbell, als sie in die Kirche ging, in der sie zum erstenmal Rose begegnet war, die dann Sam Johnson geheiratet hatte, wie es sich gehört. Rose war ein gutaussehendes, besseres schwarzes Mädchen und war von Weißen ganz wie ein eigenes Kind aufgezogen worden. Rose

lebte jetzt unter Farbigen. Rose wohnte gerade bei einer farbigen Frau, die »Mis« Herbert gekannt hatte und deren schwarzen Ehemann und dieses Mädchen Melanctha.

Rose mochte Melanctha Herbert bald sehr gern, und Melanctha wollte jetzt immer mit Rose zusammensein, sooft sie nur konnte. Melanctha Herbert tat alles für Rose, das sie sich nur ausdenken konnte, was Rose je wollte. Rose ging immer gern mit netten Leuten um, die etwas für sie taten. Rose hatte viel gesunden Menschenverstand, und sie war träge. Rose mochte Melanctha Herbert, weil sie so eine feine Art an sich hatte. Außerdem tat es Rose auch leid um die zarte, sanftmütige, fügsame, intelligente Melanctha Herbert, die manchmal immer so traurig war und immer so viele Schwierigkeiten gehabt hatte. Außerdem konnte Rose Melanctha auch schelten, denn Melanctha Herbert wußte nie, wie sie Schwierigkeiten von sich fernhalten sollte, und Rose war immer stark genug, geradlinig zu sein in ihrer einfachen egoistischen Lebensklugheit.

Aber warum erniedrigte sich dieses zarte, intelligente, anziehende halbweiße Mädchen Melanctha Herbert mit ihrer Zärtlichkeit und ihrer Macht und ihrem Wissen und sorgte für dieses träge, dumme, gewöhnliche, egoistische schwarze Mädchen und schmeichelte ihr und ließ sich von ihr schelten? Das war etwas Sonderbares bei Melanctha Herbert.

Und so war es jetzt Rose, mit der Melanctha in diesen neuen Frühlingstagen wieder umherzustreifen begann. Rose wußte für sich immer ganz genau, was man zu tun hatte, wenn man umherstreifte. Rose wußte ganz genau, daß sie nicht einfach irgendein gewöhnliches schwarzes Mädchen war, denn sie war von Weißen aufgezogen worden, und Rose sorgte immer dafür, daß sie verlobt war, wenn sie einen Mann hatte, mit dem sie ständig ging. Rose hatte immer einen ausgeprägten Sinn für das, was sich gehört. Rose sagte der komplizierten und weniger sicheren Melanctha immer, wie sie es richtig machen sollte, wenn sie umherstreifte.

Rose wußte nie viel von Jeff Campbell und Melanctha Herbert. Rose hatte nicht gewußt, daß Melanctha Herbert fast ihre ganze Zeit mit Dr. Campbell zusammengewesen war.

Jeff Campbell mochte Rose nicht, als er sie zusammen mit Melanctha sah. Jeff traf sie am liebsten gar nicht, wenn er es verhindern konnte. Rose hielt nicht viel von Dr. Campbell. Melanctha erzählte ihr nie viel von ihm. Es war ihr jetzt nicht wichtig, daß er bei ihr war.

Rose mochte Melancthas alte Freundin Jane Harden nicht, als sie sie sah. Jane verachtete Rose, weil sie sie für ein ordinäres, eigensinniges schwarzes Mädchen hielt. Jane konnte nicht verstehen, was Melanctha an diesem schwarzen Mädchen fand und wie sie sie überhaupt ertragen konnte. Jane Harden wurde es übel, wenn sie sie nur sah. Aber andererseits war Melanctha klug, jedoch lag ihr wirklich nicht viel daran, richtig etwas daraus zu machen. Jane Harden lag jetzt wirklich nichts mehr daran, Melanctha zu sehen, obwohl Melanctha sich noch immer bemühte, gut zu ihr zu sein. Und Rose, sie haßte dieses hochnäsige, verleumderische, gehässige, betrunkene Geschöpf Jane Harden. Rose verstand nicht, wie Melanctha es ertragen konnte, sie zu sehen, aber Melanctha war immer so gut zu allen, sie würde zu den Leuten nie so sein können, wie sie es eigentlich verdienten.

Rose wußte nicht viel von Melanctha und Jeff Campbell und Jane Harden. Alles, was Rose von Melanctha kannte, war ihr früheres Leben mit ihrer Mutter und ihrem Vater. Rose freute sich immer, wenn sie gut zu der armen Melanctha sein konnte, die so eine schreckliche Zeit bei ihrer Mutter und ihrem Vater erlebt hatte, und jetzt war sie allein und hatte niemanden, der ihr helfen konnte. »Er war ein fürchterlicher schwarzer Mann zu dir Melanctha, ich möchte mit bloßen Händen auf ihn losgehen, so daß er es ganz schön fühlen könnte. Das würde ich wirklich Melanctha, hörst du.«

Vielleicht waren es dieses einfache Vertrauen und dieser einfache Zorn und diese einfache moralische Art des Handelns von Rose, die Melanctha jetzt so sehr als Trost für sich empfand. Rose war egoistisch und war dumm und war träge, aber sie war anständig und wußte immer, wie sie es richtig machen mußte und was sie wollte, und sie bewunderte es wirklich, wie gescheit ihre Freundin Melanctha Herbert war, und sie spürte wirklich, wie sehr sie immer litt, und sie schalt sie, um sie vor noch mehr Schwierigkeiten zu bewahren, und sie war nie böse, wenn sie merkte, daß Melanctha Herbert es manchmal doch anders machen mußte.

Und so waren Rose und Melanctha immer öfter zusammen, und Jeff Campbell konnte jetzt fast nie mehr mit Melanctha allein sein.

Einmal mußte Jeff in eine andere Stadt fahren, um einen Kranken zu besuchen. »Wenn ich am Montag zurückkomme Melanctha, besuche ich dich am Montagabend. Bist du dann einmal allein zu Hause, um mich zu sehen?« »Natürlich, ich werde mich freuen, dich zu sehen.«

Als Jeff Campbell am Montag nach Hause kam, war eine Nachricht von Melanctha da. Könnte Jeff übermorgen, am Mittwoch, kommen? Melanctha tat es leid, daß sie an diesem Abend ausgehen mußte. Es tat ihr furchtbar leid, und sie hoffte, Jeff würde nicht böse sein.

Jeff war böse, und er fluchte ein wenig, und dann lachte er, und dann seufzte er. »Arme Melanctha, sie kann nie richtig ehrlich sein, aber macht nichts, ich liebe sie und ich werde gut sein, wenn sie mich nur läßt.«

Jeff Campbell besuchte Melanctha am Mittwochabend. Jeff Campbell nahm sie in die Arme und küßte sie. »Es tut mir wirklich furchtbar leid, daß ich dich am Montag nicht sehen konnte Jeff, wie ich es versprochen hatte, aber ich konnte einfach nicht Jeff, ich konnte es unmöglich einrichten.« Jeff sah sie an, und dann lachte er ein wenig über sie. »Du willst, daß ich dir das jetzt tatsächlich glaube Melanctha. Gut, ich glaube dir, wenn du es willst Melanctha. Ich werde heute abend wirklich gut zu dir sein, so wie du es magst. Ich glaube dir, daß du mich wirklich sehen wolltest, Melanctha, und es keine Möglichkeit gab, es einzurichten.« »O Jeff Lieber«, sagte Melanctha, »es war sicher unrecht von mir, dich so zu behandeln. Es fällt mir furchtbar schwer, dir das zu sagen, daß ich dir Unrecht getan habe, aber ich war diesmal wirklich schlecht zu dir Jeff. Es fällt mir wirklich schwer, das zu sagen Jeff, aber es war wirklich unrecht von mir, von dir wegzugehen, wie ich es getan habe. Nur warst du wirklich immer so schlecht zu mir Jeff, und hast mich so gequält und mir alles immer so schwergemacht, und ich mußte es sicher irgendwie tun, um es dir auch mal heimzuzahlen. Du schlimmer Junge Jeff, hörst du, und dies ist wirklich das erste Mal Jeff, daß ich je zu irgend jemandem gesagt habe, daß ich je im Unrecht war!« »In Ordnung Melanctha, ich verzeihe dir natürlich, weil es wirklich das erste Mal ist, daß ich dich je sagen höre, du hättest je etwas Unrechtes getan, was du nicht solltest«, und Jeff Campbell lachte und küßte sie, und Melanctha lachte und liebte ihn, und sie waren jetzt für eine kurze Zeit wirklich glücklich zusammen.

Und nun waren sie beide sehr glücklich zusammen, und dann schwiegen sie, und dann wurden sie ein wenig trauriger, und dann waren sie wieder ganz still miteinander.

»Ja, ich liebe dich wirklich Jeff!« sagte Melanctha, und sie war ganz in Gedanken versunken. »Sicher Melanctha.« »Ja Jeff sicher, aber nicht so, wie du jetzt immer denkst. Ich liebe dich immer mehr, scheint mir Jeff, und ich vertraue dir immer mehr, je besser ich dich kenne. Ich liebe dich Jeff, sicher, ja, aber nicht mit der Liebe, die du dir jetzt immer bei mir vorstellst Jeff. Ich habe jetzt wirklich keine heiße Leidenschaft mehr in mir. Du hast diese Art von Gefühl jetzt wirklich in mir getötet Jeff. Du weißt das doch sicher Jeff, so wie ich jetzt immer bin, wenn ich dich liebe. Du weißt das doch sicher Jeff, und so magst du es doch jetzt sicher an mir. Es macht dir jetzt sicher nichts aus Jeff, wenn du das jetzt von mir hörst.« Jeff Campbell war so verletzt, daß es ihn fast umbrachte. Ja er wußte jetzt wirklich, was es hieß, echte heiße Liebe in sich zu haben, und doch hatte Melanctha sicher recht, er verdiente es nicht, daß sie sie ihm schenkte. »In Ordnung Melanctha ich beschwere mich nicht einmal deswegen. Ich will dir wirklich immer alles geben, was du von mir willst und was ich in mir habe. Ich nehme alles, was du mir jetzt geben willst. Ich sage durchaus nicht Melanctha daß es mich nicht verletzt, aber ich sage bestimmt nicht Melanctha es sollte je anders für mich sein.« Und bittere Tränen stiegen in Jeff Campbell hoch, und sie kamen und erstickten seine Stimme, so daß er verstummte, und er nahm sich sehr zusammen, um nicht die Fassung zu verlieren.

»Gute Nacht Melanctha«, und Jeff war ganz demütig ihr gegenüber. »Gute Nacht Jeff, ich wollte dich wirklich in keiner Weise verletzen. Ich liebe dich doch, wirklich Jeff, mit jedem Tag mehr, die ganze Zeit, seit ich dich kenne.« »Ich weiß Melanctha, ich weiß, es macht mir nichts mehr aus. Du kannst es nicht ändern, keiner kann es jemals ändern, wie er nun mal fühlt. Es ist in Ordnung jetzt Melanctha, glaub mir doch, gute Nacht jetzt Melanctha, ich muß dich jetzt verlassen, auf Wiedersehn Melanctha, sieh mich doch nicht so verstört an, natürlich besuche ich dich bald wieder Melanctha.« Und dann stolperte Jeff die Treppe hinunter, und er ging schnell weg, um von ihr fortzukommen.

Und jetzt wurde der Schmerz immer größer in Jeff Campbell, und er stöhnte, und es schmerzte ihn so, daß er es nicht ertragen konnte. Und die Tränen kamen ihm, und sein Herz klopfte, und ihm war heiß, und er war ausgelaugt und verbittert.

Jetzt wußte Jeff ganz genau, was es bedeutete, Melanctha zu lieben. Jetzt wußte Jeff Campbell, daß er wirklich verstand. Jetzt wußte Jeff, was es bedeutete, gut zu Melanctha zu sein. Jetzt war Jeff immer gut zu ihr.

Allmählich empfand es Jeff als Trost, so verletzt und doch immer gut zu Melanctha zu sein. Jetzt war es so, daß alles, was Melanctha je von ihm hatte ertragen müssen, keineswegs schlimmer war als das, was er nun selbst ertrug. Jetzt war Jeff innerlich stark. Jetzt war bei allem Schmerz Friede in ihm. Jetzt wußte er, daß er verstehen konnte, jetzt wußte er, daß er eine leidenschaftliche Liebe in sich hatte, und er war immer gut zu Melanctha Herbert, zu ihr, die sie in ihm geweckt hatte. Jetzt wußte er, daß er gut sein konnte und sie nicht zu Hilfe rufen mußte, damit sie ihn lehre, es zu ertragen. Jeden Tag fühlte Jeff sich jetzt mehr wie ein starker Mann, genauso wie er es einst für sein wahres Ich gehalten hatte, wie das, was er kannte. Jetzt hatte Jeff wahres Wissen in sich, und es machte ihn nicht bitter, wenn es ihn schmerzte, denn Jeff hatte jetzt die Gewißheit in sich, daß er wirklich stark war, es zu ertragen.

Und so konnte Jeff Campbell Melanctha jetzt oft sehen, und er war geduldig und immer sehr freundlich zu ihr, und mit jedem Tag verstand Jeff Campbell Melanctha Herbert besser. Und immer erfuhr Jeff Campbell, daß Melanctha ihn nicht so lieben konnte, wie er es von ihr brauchte. Melanctha Herbert konnte sich überhaupt nie richtig erinnern.

Und jetzt wußte Jeff, daß es da einen Mann gab, den Melanctha sehr oft traf, und vielleicht wollte sie versuchen, diesen Mann für sich zu gewinnen, damit er gut zu ihr sei. Jeff Campbell sah diesen Mann nie, den Melanctha jetzt vielleicht wollte. Jeff Campbell wußte nur ganz genau, daß es da einen gab. Dann gab es Rose, die Melanctha jetzt immer bei sich hatte, wenn sie umherstreifte.

Jeff Campbell war sehr ruhig Melanctha gegenüber. Er sagte zu ihr, er glaube jetzt, daß er sie nicht mehr extra besuchen wolle. Wenn sie sich träfen, würde er sich immer freuen, sie zu sehen, aber jetzt würde er nie mehr irgendwohin gehen, um sie zu treffen. Sicher, er wisse, daß er immer eine tiefe Liebe für sie empfinden würde. Sicher wisse sie das. »Ja Jeff, ich vertraue dir immer Jeff, ich weiß das wirklich ganz sicher.« Jeff Campbell sagte, gut, er könne ihr überhaupt keinen Vorwurf machen. Sie wisse ja immer, daß er wirklich mit allen Fasern gelernt hätte, sie zu lieben. »Ja, Jeff, das weiß ich wirklich.« Sie wisse ja jetzt, daß sie ihm immer vertrauen könne. Jeff werde immer zu ihr halten, wenn sie jetzt auch nicht mehr wie ein Glaube für ihn sei, aber er werde nie ihre echte Zärtlichkeit vergessen können. Daran werde Jeff immer denken müssen, obwohl er jetzt nicht mehr daran glauben könne, daß sie einen Mann auf die Dauer wirklich lieben könnte, denn sie könne sich ja überhaupt nie erinnern. Wenn sie je einen Menschen brauchen sollte, der gut zu ihr sei, werde Jeff Campbell immer alles tun, was er könne, um ihr zu helfen. Er werde nie vergessen können, was sie ihn lehrte, damit er wirklich verstehen konnte, aber er wolle sie nie mehr wiedersehen. Er werde immer, wenn sie es brauche, wie ein Bruder für sie sein, und er werde ihr immer ein guter Freund sein. Jeff Campbell tue es wirklich leid, sie nie mehr wiederzusehen, aber es sei gut, daß sie einander jetzt wirklich kennen würden. »Leb wohl Jeff du bist immer sehr gut zu mir gewesen.« »Leb wohl Melanctha du weißt, daß du mir immer vertrauen kannst.« »Ja, ich weiß, ich weiß Jeff, wirklich.« »Ich muß jetzt wirklich gehen Melanctha, von dir fort. Ich gehe diesmal wirklich, Melanctha«, und Jeff Campbell ging fort, und diesmal sah er sich nicht nach ihr um. Diesmal riß Jeff sich einfach los und verließ sie. Jeff Campbell dachte gern daran, daß er jetzt wieder die Kraft hatte, ruhig zu sein und ein geordnetes Leben zu führen und alles so zu machen, wie er es wünschte, damit es für ihn und alle Farbigen richtig wäre. Jeff ging für eine Zeit in eine andere Stadt, um dort zu arbeiten, und er arbeitete viel, und er war im Innern sehr traurig, und manchmal stiegen Tränen in ihm hoch, und dann arbeitete er immer viel, und dann sah er allmählich wieder etwas Schönheit in der Welt rings um ihn. Jeff hatte sich richtig verhalten, und er hatte gelernt, eine wirkliche Liebe in sich zu haben. Es war sehr gut, das in sich zu haben.

Jeff Campbell konnte niemals die Zärtlichkeit von Melanctha Herbert vergessen, und er war immer sehr freundlich zu ihr, aber sie kamen sich nie mehr nahe. Immer mehr verblaßte die Erinnerung in Jeff Campbell und in Melanctha, daß sie einander kannten, aber Jeff konnte Melanctha nie vergessen. Jeff konnte nie die wahre Zärtlichkeit vergessen, die sie in sich hatte, aber Jeff hatte nie mehr das Gefühl eines

wahren Glaubens für sie. Jeff bewahrte sich immer das Gefühl für all die neuartige Schönheit, die Melanctha Herbert ihm einst gezeigt hatte, und mehr und mehr half ihm das bei seiner Arbeit für sich selbst und für alle Farbigen.
Melanctha Herbert war jetzt, da es mit Jeff Campbell aus und vorbei war, frei, um mit Rose zusammenzusein und mit den neuen Männern, die sie jetzt traf.
Rose war jetzt immer mit Melanctha Herbert zusammen. Rose fand nie eine Gelegenheit, in Erregung zu geraten. Rose zeigte Melanctha Herbert immer den richtigen Weg, wie sie es machen sollte, damit sie nicht immer in Schwierigkeiten käme. Aber Melanctha Herbert konnte es nicht ändern, immer wieder fand sie neue Gelegenheiten, in Erregung zu geraten.
Melanctha war jetzt ganz bereit, neue Gelegenheiten zu finden, um in Bedrängnis zu geraten. Und doch wollte Melanctha Herbert nie es nicht richtig machen. Immer wollte Melanctha Herbert Ruhe und Frieden, und immer konnte sie nur neue Gelegenheiten finden, um in Erregung zu geraten. »Melanctha«, sagte Rose dann zu ihr, »Melanctha, ich muß dir wirklich sagen, daß es nicht richtig ist, wie du mit diesen Kerlen umgehst. Du solltest dich jetzt besser nur an schwarze Männer halten, Melanctha, hörst du was ich dir sage, genauso wie du es immer bei

mir siehst. Das sind wirklich schlechte Männer, ich sage dir jetzt die Wahrheit Melanctha, und du solltest lieber auf mich hören. Ich wurde von wirklich feinen Weißen erzogen, Melanctha, und ich weiß wirklich nur allzu gut, sobald ich sie nur sehe, wie sie sich benehmen, welcher weiße Mann dich anständig behandelt und wer zu der Sorte gehört, mit der sich ein farbiges Mädchen nie abgeben sollte. Jetzt weißt du doch Melanctha, daß ich es immer sehr gut mit dir meine, und du hast nicht die Gelegenheit gehabt wie ich Melanctha, die ich von Weißen erzogen wurde, richtig zu lernen, wie man mit Männern umgehen muß. Ich möchte auf keinen Fall erleben, daß du jetzt wieder in so große Schwierigkeiten kommst Melanctha, und deshalb solltest du jetzt auf mich hören Melanctha, was ich dir sage, denn ich weiß Bescheid. Ich sage dir bestimmt nicht, Melanctha, du solltest überhaupt nie etwas mit weißen Männern zu tun haben, obwohl ich das nie für die beste Art halte, wie ein farbiges Mädchen sich benehmen sollte, nein ich sage dir ja gar nicht Melanctha, du hättest überhaupt nie mit weißen Männern zusammensein sollen, obwohl ich keineswegs finde, daß das wirklich die richtige Art ist, wie es ein anständiges farbiges Mädchen immer machen sollte, aber niemals Melanctha, hörst du mich, nie niemals diese Sorte von weißen Männern Melanctha, mit denen ich dich jetzt immer zusammen sehe. Hör jetzt auf mich Melanctha, du hättest wirklich auf mich hören sollen Melanctha, ich sage nur das, was ich nur allzu gut weiß, Melanctha, und ich weiß, du weißt es nicht besser, Melanctha, als dich so zu verhalten, wie ich dich mit dieser Sorte von weißen Kerlen gesehen habe, die nie wissen werden wie sie mit einem anständigen Mädchen umzugehen haben, wenn sie es mal geschafft haben, mit einem zusammenzusein. Hör jetzt auf mich Melanctha, was ich dir sage.«

Und so kam es, daß Melanctha neue Gelegenheiten fand, in Bedrängnis zu geraten. Aber sie war nicht sehr schlimm, diese Bedrängnis, denn diese weißen Männer, mit denen sie, wenn es nach Rose ging, keineswegs zusammensein sollte, bedeuteten Melanctha nie sehr viel. Sie war nur gern mit ihnen zusammen, und sie wußten alles über schöne Pferde, und es tat Melanctha jetzt einfach gut, sich richtig unbekümmert mit ihnen zu fühlen. Aber meistens waren es Rose und andere bessere farbige Mädchen und farbige Männer, mit denen Melanctha Herbert nun immer umherstreifte.

Es war jetzt Sommer, und die Farbigen kamen heraus in den Sonnenschein, bunt blühend wie die Blumen. Und sie leuchteten auf den Straßen und auf den Feldern in ihrer warmen Freude,

und sie glänzten in ihrer schwarzen Glut, und sie wurden frei und gelöst in der Selbstvergessenheit ihres schallenden Lachens.
Es war auf mancherlei Weise ein sehr angenehmes Leben, das Melanctha Herbert jetzt mit Rose und allen anderen führte. Es war nicht immer nötig, daß Rose sie schalt.
Es gab außer Rose niemanden unter diesen Farbigen, der Melanctha Herbert viel bedeutet hätte. Aber sie hatten Melanctha alle gern, und die Männer sahen ihr alle gern zu, sie war immer so mutig und tat alles, was einer überhaupt nur je tun konnte, und außerdem war sie gut und liebenswert und tat alles, was man von ihr wollte. Das waren angenehme Tage damals, im heißen südlichen Negersonnenschein, mit vielen harmlosen Scherzen und immer der Selbstvergessenheit offenen Lachens. »Sieh dir nur diese Melanctha an, wie die rennen kann. Ist sie nicht wie ein Vogel, wenn sie so dahinfliegt. He Melanctha, ich komme und fange dich, he Melanctha, ich streue dir Salz auf den Schwanz und fange dich«, und dann versuchte der Mann sie zu fangen, und er fiel der Länge nach auf die Erde und wälzte sich mit aufgerissenem Mund in einem Anfall schallenden Gelächters. Und dies war die Art und Weise, die Rose für Melanctha gefiel, so sollte sie es immer machen, sie sollte mit ihm verlobt sein und eine gute

warme Niggerzeit mit farbigen Männern verleben und nicht mit dieser Sorte weißer Männer herumlaufen, die doch mit keinem anständigen Mädchen, mit dem sie je zusammen waren, richtig umzugehen wußten.

Rose mochte Melanctha Herbert immer mehr. Rose mußte Melanctha Herbert oft schelten, aber das bewirkte, daß sie Melanctha nur noch lieber hatte. Und dann hörte Melanctha ihr immer zu und tat alles, was sie konnte, um ihr zu gefallen. Und dann tat Melanctha Rose so leid, wenn sie manchmal so traurig war und wollte, daß jemand käme und sie umbrächte.

Und Melanctha Herbert klammerte sich an Rose in der Hoffnung, daß Rose sie retten könne. Melanctha spürte die Macht, die in Roses egoistischer, schlichter Wesensart lag. Diese Art erschien ihr so zuverlässig, einfach, sicher. Melanctha klammerte sich an Rose, sie ließ sich gern von ihr schelten, sie wollte immer bei ihr sein. Sie spürte immer eine zuverlässige Sicherheit in ihr. Rose war auf ihre Art immer sehr gut, indem sie sich Melancthas Liebe gefallen ließ. Melanctha hatte gar keine Möglichkeit, ihr wirklich Schwierigkeiten zu machen. Melanctha hatte gar keine Möglichkeit, je wirklich Einfluß auf sie zu haben und ihr näherzukommen. Melanctha war immer sehr demütig ihr gegenüber. Melanctha war immer bereit, alles zu tun, was Rose von ihr verlangte. Melanctha brauchte es so sehr, daß Rose immer erlaubte, daß Melanctha sich an sie klammerte. Rose war ein einfaches, eigensinniges, egoistisches schwarzes Mädchen, aber sie hatte eine zuverlässige Macht in sich. Rose hatte einen ausgeprägten Sinn für das, was sich gehört, sie hatte einen ausgeprägten Sinn für einen gewissen Komfort. Rose wußte immer ganz genau, was sie wollte, und sie wußte ganz genau, wie sie es richtig machen mußte, um alles zu bekommen, was sie wollte, und sie ließ sich von keinerlei Schwierigkeiten beirren. Und darum liebte dieses zarte intelligente anziehende halbweiße Mädchen Melanctha Herbert sie und arbeitete für sie und erniedrigte sich zur Dienerin für diese grobe, durchschnittliche, eigensinnige, gewöhnliche, schwarze, kindische Rose, und nun sollte sich diese amoralische leichtlebige faule Rose mit einem guten Schwarzen verheiraten, während Melanctha Herbert mit ihrem weißen Blut und ihrer Anziehungskraft und ihrer Sehnsucht nach einem rechten Platz im Leben vielleicht nie richtig verheiratet sein würde, wie es sich gehört. Manchmal erfüllte der Gedanke daran, wie ihre eigene Welt beschaffen war, die komplizierte, sehnsüchtige Melanctha mit Verzweiflung. Sie fragte sich oft, wie sie weiterleben sollte, wenn sie so traurig war. Manchmal dachte Melanctha, sie wollte sich einfach umbringen, denn manchmal dachte sie, das wäre wirklich das Beste, was sie tun könnte.

Rose würde sich nun mit einem anständigen guten Schwarzen verheiraten. Er hieß Sam Johnson, und er arbeitete als Deckmatrose auf einem Küstendampfer, und er war sehr zuverlässig, und er bekam guten Lohn. Rose begegnete Sam Johnson zum erstenmal in der Kirche, an demselben Ort, wo sie Melanctha Herbert begegnet war. Rose mochte Sam gleich, als sie ihn sah, sie wußte, er war ein guter Mann und arbeitete schwer und bekam guten Lohn, und Rose dachte, daß es jetzt für sie sehr schön und sehr gut wäre in ihrer Lage, sich richtig zu verheiraten, wie es üblich war.

Sam Johnson mochte Rose sehr gern, und er war immer bereit, alles zu tun, was sie wollte. Sam war ein großer, breitschultriger, anständiger, ein ernster, geradliniger, einfacher, freundlicher, farbiger Arbeiter. Sie kamen sehr gut miteinander aus, Sam und Rose, als sie verheiratet waren. Rose war träge, aber nicht schmutzig, und Sam war ordentlich, aber nicht kleinlich. Sam war ein freundlicher, einfacher, ernster, zuverlässiger Arbeiter, und Rose hatte einen guten gesunden anständigen Sinn dafür, ein geordnetes Leben zu führen und keine Aufregungen zu haben und zu sparen, damit man immer sicher sein konnte,

Geld zu haben für alles, was man haben wollte. Rose kannte Sam Johnson noch nicht sehr lange, bevor sie sich verheirateten, wie es sich gehörte. Manchmal ging Sam mit all den anderen jungen Kirchgängern aufs Land, und dann war er viel mit Rose und ihrer Melanctha Herbert zusammen. Sam machte sich nicht viel aus Melanctha Herbert. Ihm gefiel Roses Art immer besser. Das Geheimnisvolle an Melanctha hatte gar keinen Reiz für Sam. Sam wünschte sich ein hübsches kleines Haus, in das er heimkommen konnte, wenn er müde von der Arbeit war, und ein kleines Kind, das sein eigen war und zu dem er gut sein konnte. Sam war bereit zu heiraten, sobald Rose es nur wollte. Und so feierten Sam und Rose eines Tages eine richtige große Hochzeit und waren verheiratet. Dann richteten sie sich vollständig in einem kleinen roten Backsteinhaus ein, und dann ging Sam zurück zu seiner Arbeit als Deckmatrose auf einem Küstendampfer.

Rose hatte Sam oft erzählt, wie gut Melanctha war und wie sehr sie immer litt. Sam Johnson machte sich eigentlich nicht viel aus Melanctha Herbert, aber er tat fast alles, was Rose wollte, und er war eine sanfte, freundliche Natur, und so war er sehr freundlich zu Roses Freundin Melanctha. Melanctha Herbert wußte sehr wohl, daß sie Sam nicht gefiel, und so war sie sehr still und ließ Rose immer für sich reden. Sie war nur einfach gut und half Rose immer und tat alles, was sie von ihr wollte, und sie war sehr freundlich und hörte zu und war still, wenn Sam ihr etwas zu sagen hatte. Melanctha mochte Sam Johnson, und ihr ganzes Leben lang liebte und wünschte sich Melanctha gute und rücksichtsvolle Menschen, und immer hatte es Melanctha gern und wünschte sie es sich, daß die Menschen freundlich zu ihr waren, und immer wollte sie ordentlich sein und Ruhe und Frieden in sich haben, und immer konnte Melanctha nur neue Gelegenheiten finden, in Bedrängnis zu geraten. Und Melanctha brauchte Rose so sehr, damit sie ihr glaubte und ihr erlaubte, sich an sie zu klammern. Rose war das einzig Zuverlässige, das Melanctha hatte, um sich daran zu klammern, und so erniedrigte sich Melanctha selbst zur Dienerin, die alles besorgte und immer gescholten wurde von dieser gewöhnlichen, eigensinnigen, schwarzen, dummen, kindischen Frau.

Rose sagte Sam immer, er müsse gut zu der armen Melanctha sein. »Weißt du Sam«, sagte Rose ganz oft zu ihm, »du solltest wirklich sehr gut zu der armen Melanctha sein, sie hat immer so viele Schwierigkeiten mit sich. Du weißt Sam wie ich dir schon erzählt habe, sie hatte es immer so schwer mit diesem Vater, und er war immer furchtbar gemein zu ihr, dieser fürchterliche schwarze Mann, und er hat sich nie um sie gekümmert, und er hat ihr überhaupt nicht geholfen als ihre Mutter so schwer starb, diese arme Melanctha. Melancthas Mama weißt du Sam war immer richtig fromm. Eines Tages, da war Melanctha noch ganz klein, da hörte sie ihre Mama zu ihrem Papa sagen, es sei doch furchtbar traurig für sie, daß es nicht Melanctha war, die der Herrgott von ihnen genommen hatte anstatt des kleinen Bruders, der in dem Haus dort am Fieber gestorben war. Das tat Melanctha furchtbar weh als sie ihre Mama das sagen hörte. Sie konnte es nie verstehen, und ich werfe es Melanctha überhaupt nicht vor, Sam, daß ihre Gefühle für ihre Mama danach nie besser wurden, obwohl Melanctha, wie sie einfach immer ist, danach immer wirklich gut zu ihrer Mama war, als sie so krank war und so schwer starb, und nie einer da war und Melanctha dabei half und sie einfach ganz allein war mit allem und ohne Hilfe von irgendwo, und dieser häßliche fürchterliche schwarze Mann, der ihr Vater ist, kam die ganze Zeit nicht einmal. Aber so macht es Melanctha immer Sam, so wie ich es dir erzählt habe. Sie ist einfach immer so gut zu allen und keiner dankt es ihr je. Ich habe noch nie jemanden gesehen Sam, scheint mir immer, der soviel Pech hat wie die arme Melanctha immer hat, und sie ist immer so gut dabei und nie ein Murren und nie eine Klage von ihr und nicht einmal ein einziges Wort darüber. Sei nur recht gut zu ihr Sam, hörst du, jetzt wo wir richtig verheiratet sind du und ich. Er war wirklich ein fürchterlicher schwarzer Mann zu ihr Sam, dieser Vater von ihr, der einfach immer so brutal zu ihr war, und sie war so tapfer und hat nie jemandem gesagt wie weh es ihr tat. Und sie ist immer so lieb und gut und wie sie alles für jeden tut, was er nur will. Ich kann nicht verstehen Sam wie manche Männer so furchtbar sein können. Ich habe dir ja erzählt Sam, wie Melanctha sich einmal ganz schlimm den Arm gebrochen hat, und sie war so krank und es hat ihr so furchtbar weh getan und er wollte keinen Arzt zu ihr lassen und er hat ihr so furchtbare Sachen angetan, sie will überhaupt zu keinem je darüber reden wie schlimm er ihr weh getan hat. So ist es eben immer mit Melanctha Sam du weißt nie, wie schlimm es ist, wenn sie verletzt ist. Hörst du Sam, daß du immer recht gut zu ihr bist jetzt wo wir richtig verheiratet sind du und ich.«

Und so waren Rose und Sam Johnson verheiratet, wie es sich gehört, und Rose saß zu Hause und prahlte vor allen Freundinnen, wie schön es sei, mit einem Ehemann richtig verheiratet zu sein.

Rose ließ Melanctha nicht bei sich wohnen, jetzt

da Rose verheiratet war. Melanctha war fast ebensoviel wie sonst bei Rose, aber ihr Zusammensein war ein wenig anders jetzt.
Rose Johnson lud Melanctha nie ein, bei ihr im Haus zu wohnen, jetzt da Rose verheiratet war. Rose ließ Melanctha gern die ganze Zeit kommen, damit sie ihr half, Rose hatte es gern, daß Melanctha fast immer bei ihr war, aber Rose war schlau in ihrer einfachen egoistischen Natur, sie dachte gar nicht daran, Melanctha aufzufordern, bei ihr zu wohnen.
Rose war dickköpfig, sie war anständig, und sie wußte immer, was sie brauchte. Rose brauchte es, daß Melanctha bei ihr war, sie ließ sich gern von ihr helfen, von der flinken, guten Melanctha, die für das langsame, träge, egoistische schwarze Mädchen arbeitete, und Rose konnte Melanctha zum Arbeiten brauchen, aber zum Leben mit ihr brauchte sie sie nicht.
Sam fragte Rose nie, warum sie sie nicht bei sich wohnen ließ. Sam fand das, was nach Roses Willen für Melanctha getan werden sollte, immer richtig, so wie auch er sich ihr gegenüber verhalten sollte.
Es wäre Melanctha nie in den Sinn gekommen, Rose zu bitten, sie bei sich wohnen zu lassen. Es wäre Melanctha nie in den Sinn gekommen, daß Rose sie auffordern würde. Es wäre Melanctha nicht einmal in den Sinn gekommen, es zu wol-

len, wenn Rose sie aufgefordert hätte, aber Melanctha hätte es wegen der Sicherheit getan, die sie immer spürte, wenn sie in ihrer Nähe war. Melanctha Herbert wollte jetzt schrecklich gern sicher sein, aber dieses Zusammenleben, das würde Rose ihr niemals gewähren. Rose hatte einen ausgeprägten Sinn für einen gewissen Komfort, Rose hatte einen ausgeprägten Sinn für das, was sich gehört, Rose hatte einen ausgeprägten Sinn dafür, immer alles gleich zu bekommen, was sie wollte, und sie wußte immer, was sie am ehesten brauchte, und immer bekam Rose, was sie wollte.

Und so hatte Rose Melanctha immer als Hilfe zur Hand, und sie saß herum und war träge, und sie prahlte, und sie klagte ein wenig, und sie sagte Melanctha, wie sie es machen müßte, um schön alles zu bekommen, was sie wollte, so wie sie, Rose, es auch immer machte, und immer tat Melanctha alles, was Rose je brauchte. »Plag dich nicht damit ab, es zu tun Melanctha, ich tue es schon oder Sam, wenn er nach Hause kommt und mir hilft. Macht es dir auch bestimmt nichts aus, es hochzuheben Melanctha? Es ist sehr nett von dir Melanctha, daß du das machst, und wenn du gehst Melanctha, kauf doch unterwegs etwas Reis und bring ihn mir morgen mit, wenn du kommst. Du wirst es doch sicher nicht vergessen Melanctha. Ich habe noch nie jemanden erlebt wie dich Melanctha, die alles immer so schön für mich gemacht hätte wie du Melanctha.« Und dann tat Melanctha meistens noch mehr für Rose, und dann ging Melanctha meistens sehr spät nach Hause zu der farbigen Frau, bei der sie jetzt wohnte.

Und so gab es für Melanctha, obwohl sie immer noch soviel bei Rose Johnson war, doch Zeiten, in denen sie nicht dort sein konnte. Melanctha konnte sich jetzt nicht mehr richtig dort anklammern. Rose hatte Sam, und Melanctha verlor immer mehr den Halt, den sie da gehabt hatte. Melanctha Herbert bekam das Gefühl, sie müßte wieder anfangen zu suchen und zu sehen, ob sie herausfinden könnte, was sie eigentlich immer gewollt hatte. Jetzt konnte Rose Johnson ihr nicht länger helfen.

Und so begann Melanctha Herbert noch einmal umherzustreifen, und zwar mit Männern, bei denen es Rose niemals richtig gefunden hätte, daß sie mit ihnen zusammen war.

Eines Tages war Melanctha mit ihren verschiedenen Streifzügen sehr beschäftigt gewesen. Es war ein angenehmer Spätnachmittag am Ende eines langen Sommers. Melanctha ging die Straße entlang, und sie war frei und erregt. Melanctha hatte sich gerade von einem weißen Mann getrennt, und sie trug einen Strauß Blumen, den er ihr gelassen hatte. Ein junger Kerl,

ein Mulatte, ging an ihr vorbei und schnappte ihn ihr weg. »Es ist wirklich richtig süß von dir, Sister, daß du mir die schönen Blumen schenkst«, sagte er zu ihr.
»Ich wüßte nicht, wo sie süßer sein könnten als bei Ihnen«, sagte Melanctha. »Was der eine Mann gibt, kann der andere Mann sicher genausogut nehmen.« »Dann behalt doch deine alten Blumen, ich will sie bestimmt nicht haben.« Melanctha Herbert lachte ihn an und nahm sie. »Nein, ich habe auch nie gedacht, daß Sie sie wirklich haben wollten. Herzlichen Dank für sie, Mister. Das bewundere ich wirklich immer, wenn ein Mann so richtig höflich zu den Leuten ist.« Der Mann lachte: »Du läßt dich nicht so leicht zum Narren halten, das muß ich dir lassen, aber du bist wirklich ein verdammt hübsches Mädchen, wenn ich dich so ansehe. Du willst, daß Männer höflich zu dir sind? Einverstanden, ich kann dich lieben, das ist nun wirklich höflich, willst du, daß ich es versuche.« »Ich habe heute abend wirklich keine Zeit, nur gerade so viel, um Ihnen zu danken. Ich habe jetzt wirklich viel zu tun, aber ich werde bestimmt immer entzückt sein, Sie zu sehen.« Der Mann versuchte sie zu packen und zurückzuhalten, Melanctha Herbert lachte und entschlüpfte ihm, so daß er sie nicht zu fassen bekam. Melanctha ging schnell in eine nahe Sei-

tenstraße, und so verlor der Mann sie für dieses Mal.

Einige Tage sah Melanctha nichts mehr von ihrem Mulatten. Eines Tages ging Melanctha mit einem weißen Mann, und sie sahen ihn. Der weiße Mann blieb stehen und sprach ihn an. Danach verließ Melanctha den weißen Mann, und bald darauf traf sie ihn. Melanctha blieb stehen und redete mit ihm. Melanctha Herbert fing bald an, ihn gern zu haben.

Jem Richards, der neue Mann, den Melanctha jetzt kennengelernt hatte, war ein verwegener Kerl, der mit schönen Pferden und mit Rennen zu tun hatte. Manchmal wettete Jem Richards und war gut und hatte Glück und gewann viel Geld. Manchmal wettete Jem schlecht, und dann hatte er überhaupt kein Geld.

Jem Richards war ein geradliniger Mann. Jem Richards wußte immer, daß er nach und nach wieder gewinnen und dann bezahlen würde, und so gewann Jem meistens wieder, und dann bezahlte er immer.

Jem Richards war ein Mann, dem andere Männer vertrauten. Die Männer gaben ihm Geld, wenn er alles verloren hatte, denn sie wußten alle, daß Jem Richards wieder gewinnen würde, und wenn er gewann, wußten sie, und sie hatten recht, daß er bezahlen würde.

Melanctha Herbert war ihr ganzes Leben lang

immer gern bei Pferden gewesen. Melanctha gefiel es, daß Jem sich mit guten Pferden auskannte. Er war ein unbekümmerter Mann, dieser Jem Richards. Er wußte, wie man gewann, und immer, ihr ganzes Leben lang, liebte Melanctha Herbert Macht, die Erfolg hatte.

Melanctha Herbert mochte Jem Richards immer mehr. Etwas wurde bald sehr stark zwischen ihnen. Jem war sogar noch mutiger als Melanctha.

Jem hatte immer gewußt, was es hieß, wirkliches Wissen zu haben. Jem hatte es immer, sein ganzes Leben lang, verstanden.

Jem Richards ließ Melanctha Herbert schnell mit sich kommen. Er ließ ihr nie Zeit zum Warten. Bald hatte Melanctha Jem immer bei sich. Melanctha wünschte sich nichts Besseres. Jetzt bei Jem Richards fand Melanctha alles, was sie je gebraucht hatte, um befriedigt zu sein.

Melanctha war jetzt immer weniger mit Rose Johnson zusammen. Rose hielt nicht viel von dem Weg, den Melanctha jetzt ging. Jem Richards war in Ordnung, nur hatte Melanctha überhaupt kein Gefühl dafür, wie sie es richtig machen mußte. Rose sagte jetzt oft zu Sam, daß es ihr nicht gefiel, wie schnell Melanctha vorging. Rose sagte es zu Sam und zu all den Mädchen und Männern, wenn sie sie sah. Aber Rose bedeutete Melanctha zu dem Zeitpunkt nichts.

Melanctha Herbert brauchte jetzt nur Jem Richards bei sich.
Und alles wurde immer noch stärker zwischen Jem Richards und Melanctha Herbert. Jem Richards redete jetzt schon manchmal so, als wenn er sie heiraten wollte. Jem war jetzt sehr verliebt in sie. Und was Melanctha betraf, war Jem jetzt die ganze Welt für sie. Und so schenkte Jem ihr einen Ring, wie die Weißen, um zu zeigen, daß er mit ihr verlobt sei und in nächster Zeit mit ihr verheiratet sein würde. Und Melanctha war ganz von Freude erfüllt, daß sie Jem hatte, der so gut zu ihr war.
Melanctha ging immer gern mit Jem zu den Pferderennen. Jem hatte vor kurzem mit seinen Wetten Glück gehabt, und er fuhr in einer eleganten Kutsche, und Melanctha sah darin sehr hübsch neben ihm aus.
Melanctha war sehr stolz, daß Jem Richards sie begehrte. Melanctha liebte die Art, wie Jem Richards es anzufangen wußte. Melanctha liebte Jem, und sie liebte es, daß er sie haben wollte. Sie liebte es auch, daß er mit ihr verheiratet sein wollte. Jem Richards war ein geradliniger anständiger Mann, zu dem die anderen Männer aufschauten und dem sie vertrauten. Melanctha brauchte so sehr einen Mann, der sie zufrieden machte.
Die Freude machte Melanctha ganz närrisch.

Melanctha erzählte jedem, wie Jem Richards, dieser tolle Mann, der all diese schönen Pferde besaß und so mutig war, daß nichts ihn je erschrecken konnte, mit ihr verlobt war, um sie zu heiraten, und das war der Ring, den er ihr geschenkt hatte.

Melanctha ließ ihrer Freude ganz oft freien Lauf bei Rose Johnson. Melanctha hatte jetzt wieder angefangen, zu ihr zu gehen.

Ihre Liebe zu Jem machte Melanctha ganz närrisch. Melanctha mußte jetzt immer jemanden haben, mit dem sie sprechen konnte, und so ging sie oft zu Rose Johnson.

Melanctha gab sich selbst ganz an Jem Richards. Sie war verrückt und närrisch vor Freude, wie sie bei ihm empfand.

Rose gefiel die Art, wie Melanctha vorging, ganz und gar nicht. »Nein Sam ich sage ja gar nicht, daß Melanctha nicht mit Jem Richards verlobt ist so wie sie immer sagt, und Jem der ist in Ordnung für seine Verhältnisse, wenn er sich auch immer so gescheit vorkommt und als wenn ihm die ganze Erde gehörte und alles was darauf ist auch noch, und er hat Melanctha sicher einen Ring geschenkt, als ob er wirklich die Absicht hätte, sie bald richtig zu heiraten, nur Sam, ich mag die Art nicht wie Melanctha vorgeht. Wenn sie mit ihm verlobt ist Sam, dann ist es nicht richtig von ihr, daß sie immer weiter so erregt ist. Das ist nicht anständig, so sollte sich ein Mädchen nicht benehmen. Das wird kein Mann ertragen, nicht wie ich die Männer kenne Sam, und ich kenne sie. Ich kenne die weißen und ich kenne die farbigen, denn ich wurde von Weißen erzogen, und sie mögen es alle nicht, wenn sich ein Mädchen so benimmt. Das ist in Ordnung wenn du einfach nur verliebt bist, aber es ist auf keinen Fall richtig dich so zu benehmen wenn du mit ihm verlobt bist und wenn er sagt, in Ordnung er will dich richtig, wie es sich gehört, heiraten. Du wirst sehen Sam ich habe recht wie immer und ich weiß es. Jem Richards, der wird nicht bis zum Äußersten gehen und wirklich heiraten, nicht wenn ich es richtig sehe, wie Melanctha sich jetzt ihm gegenüber verhält. Ringe oder so etwas bedeuten ihnen nichts, und sie tun deswegen nichts Gutes, wenn ein Mädchen sich so närrisch benimmt wie Melanctha sich jetzt immer aufführt. Es würde mir wirklich sehr leid tun Sam, wenn Melanctha sich jetzt wieder so richtige Schwierigkeiten zuzöge, aber ich mag es wirklich nicht Sam die Art wie Melanctha sich ihm gegenüber verhält. Ich sage nie etwas zu ihr, Sam. Ich höre mir nur an was sie mir immer erzählt, und ich denke mir den Rest wie ich es dir gesagt habe Sam aber ich sage jetzt nie mehr etwas zu Melanctha. Melanctha hat mir nichts von diesem Jem Richards erzählt bis es so gut wie eine beschlossene Sache mit ihm war, und es hat mir nie sehr gefallen Sam, wie sie sich benahm, wie sie nie mehr hierherkam als sie zuerst mit diesen Männern herumlief und ihn traf. Und ich habe ihr überhaupt nichts darüber gesagt Sam, und es ist mir auch ganz egal, ich will ihr nur einfach nichts mehr sagen, und so höre ich mir nur an was sie mir zu erzählen hat so wie sie es will. Nein Sam, ich will ihr nie mehr etwas sagen. Melanctha muß eben ihren eigenen Weg gehen, nicht daß ich es erleben möchte wie sie furchtbar Schwierigkeiten bekommt, ich habe nur keine Lust mehr, nachdem Melanctha es so gemacht hat, ihr jemals noch etwas darüber zu sagen wie sie sich benehmen soll. Du wirst schon sehen Sam wie ich dir gesagt habe, wie Jem Richards sich ihr gegenüber verhalten wird, du wirst sehen Sam ich habe recht wie immer wenn ich es einfach weiß.«

Melanctha Herbert dachte nie daran, daß sie je wieder in Bedrängnis geraten könnte. Die Freude hatte Melanctha ganz närrisch gemacht.

Und jetzt hatte Jem Richards große Schwierigkeiten mit seinen Wetten. Melanctha hatte jetzt manchmal das Gefühl, wenn sie bei ihm war, daß etwas mit ihm nicht stimmte. Melanctha wußte, daß er bei seinen Wetten Schwierigkeiten gehabt hatte, aber Melanctha hatte nie das

Gefühl, daß das für sie beide etwas ändern könnte. Melanctha hatte einmal zu Jem gesagt, er wisse sicher, daß sie immer gern bei ihm bleiben würde, auch wenn er im Gefängnis säße oder einfach nur ein Bettler wäre. Jetzt sagte Melanctha zu ihm: »Du weißt sicher Jem daß es gar nichts ändert wenn du in Schwierigkeiten bist, stell mich doch auf die Probe Jem und sei mutig, sieh mich doch nicht so verstört an. Jem ich weiß daß du mich liebst wie ich dich immer liebe, und das ist alles was ich mir je wünschen kann Jem, einfach daß du mich immer bei dir haben willst. Ich werde dich heiraten sobald du mich brauchen kannst, wenn du es mir nur ein einziges Mal sagst Jem. Es bedeutet mir gar nichts, so etwas wie Geld haben Jem, warum siehst du mich so verstört an.«

Die Liebe hatte Melanctha Herbert wirklich verrückt und närrisch gemacht. Sie drängte sie Jem Richards immer sehr auf, und jetzt, da er Sorgen hatte mit seinen Wetten, wollte er schon gar nichts von ihren Gefühlen wissen. Jem Richards würde nie ein Mädchen heiraten wollen, wenn er in Schwierigkeiten war. Das war kein Weg für einen Mann wie ihn. Die Liebe hatte Melanctha verrückt und närrisch gemacht. Sie hätte jetzt schweigen und ihn machen lassen sollen. Jem Richards war nicht der Mann, der eine Frau wollte, die stark war, wenn er mit seinen

Wetten in Schwierigkeiten war. Dies war nicht die Zeit, in der ein Mann wie er das brauchen konnte. Melanctha brauchte sie so sehr, diese Liebe, nach der sie immer verlangt hatte, daß sie nicht wußte, was sie tun sollte, um sie zu retten. Melanctha erkannte jetzt, daß mit Jem Richards jetzt immer etwas nicht stimmte. Melanctha wagte bald nicht mehr, ihn zu fragen. Jem war jetzt sehr beschäftigt, er mußte Sachen verkaufen und Männer treffen, um Geld aufzutreiben. Jeff konnte Melanctha jetzt nicht mehr so oft treffen.

Es war ein Glück für Melanctha Herbert, daß Rose Johnson jetzt bald ihr Baby bekam. Es war immer zwischen ihnen ausgemacht gewesen, daß Rose in das Haus übersiedeln sollte, in dem Melanctha bei einer alten farbigen Frau wohnte, damit Rose der Arzt aus dem nahen Krankenhaus helfen könne und Melanctha da wäre und für sie sorgte, wie Melanctha das immer getan hatte.

Melanctha war jetzt sehr gut zu Rose Johnson. Melanctha tat alles, was eine Frau nur tun konnte, sie pflegte Rose, und sie war geduldig, ergeben, sie beruhigte sie und war unermüdlich, während die eigensinnige, kindische, feige, schwarze Rose schimpfte und quengelte und brüllte und sich abscheulich benahm und sich aufführte wie ein wildes Tier.

Während dieser ganzen Zeit war Melanctha immer mal wieder mit Jem Richards zusammen. Melanctha wurde allmählich immer stärker bei Jem Richards. Melanctha war nie so stark und zärtlich und eins mit ihrer Natur, wie wenn sie tief in Bedrängnis war, wenn sie so mit allem kämpfte, was sie hatte, daß sie nichts Dummes gegen ihre Natur tun konnte. Jetzt kam Melanctha Herbert Rose Johnson wieder näher. Jetzt erzählte Melanctha Rose immer alles über ihre Schwierigkeiten. Rose hatte wieder ein wenig angefangen, ihr Ratschläge zu geben.

Melanctha erzählte Rose jetzt immer von ihren Gesprächen, die sie mit Jem Richards hatte, Gesprächen, bei denen keiner von beiden besonders gern hatte, was der andere sagte. Melanctha wußte nicht, was Jem Richards wollte. Melanctha wußte nur, daß er es nicht gern hatte, wenn sie wollte, daß sie gute Freunde wären und richtig heirateten, und wenn Melanctha dann sagte: »In Ordnung, ich werde deinen Ring nicht mehr tragen Jem, wir werden uns nicht mehr so sehen, wie wenn wir jemals richtig heiraten würden, wie es sich gehört«, dann hatte Jem das auch nicht gern. Was wollte Jem Richards eigentlich?

Melanctha hörte auf, Jems Ring am Finger zu tragen. Die arme Melanctha, sie trug ihn jetzt an einem Band, das sie sich um den Hals gebunden hatte, so daß sie ihn immer spüren konnte, aber Melanctha war jetzt stark Jem Richards gegenüber, und er merkte es nicht einmal. Und manchmal schien es Jem furchtbar leid zu tun, und manchmal schien er irgendwie froh darüber zu sein. Melanctha konnte nie richtig erkennen, was Jem Richards wollte.

Es gab noch keine andere Frau für Jem, das wußte Melanctha, und so vertraute sie immer darauf, daß Jem zu ihr zurückkommen würde, mit seiner tiefen Liebe, so, wie er sie einmal in sich gehabt hatte und wie er dann die ganze Welt so gemacht hatte, wie sie früher nie geglaubt hätte, daß einer sie wirklich machen könnte. Aber Jem Richards war mutiger als Melanctha Herbert. Er wußte besser, wie man kämpfte, um zu gewinnen. Melanctha hatte eigentlich schon verloren, als sie nicht ruhig blieb und wartete, bis Jem es schaffte.

Jem Richards hatte immer noch kein Glück bei seinen Wetten. Er hatte es noch nie eine so lange Zeit hindurch erlebt, daß bei seinen Wetten nichts Gutes für ihn herauskam. Manchmal sprach Jem so, als wollte er irgendwohin reisen und an einem anderen Ort sein Glück beim Wetten versuchen. Jem Richards sprach nie so, als wollte er Melanctha mitnehmen.

Und so hatte Melanctha manchmal wirklich Vertrauen, und manchmal war sie innerlich ganz krank von ihren Zweifeln. Was wollte Jem eigentlich mit ihr tun? Er hatte keine andere Frau, darauf konnte Melanctha wirklich vertrauen, und wenn sie nein zu ihm sagte, nein, sie wolle nie mehr zu ihm kommen, jetzt wo er sie nicht mehr wolle, dann änderte sich Jem und schwor, doch er wolle sie, jetzt und immer, ganz nahe bei sich, aber er sagte jetzt nie mehr, daß er bald mit ihr verheiratet sein wollte. Andererseits würde Jem niemals ein Mädchen heiraten, das sagte er sehr oft, solange er in diesen Schwierigkeiten steckte, und jetzt sah er noch gar keinen Weg, wie er aus diesen Schwierigkeiten herauskommen konnte. Aber Melanctha sollte seinen Ring tragen, sie wüßte doch, daß er nie eine Frau so geliebt hatte, wie er sie liebte. Melanctha trug den Ring dann eine Weile, und dann hatten sie wieder Schwierigkeiten miteinander, und dann sagte sie zu ihm, nein sie würde bestimmt nie wieder etwas tragen, was er ihr geschenkt hätte, und dann trug sie ihn am Band, damit niemand ihn sehen, aber sie ihn immer auf sich fühlen konnte.

Die arme Melanctha, zweifellos hatte ihre Liebe sie verrückt und närrisch gemacht.

Und jetzt hatte Melanctha immer mehr das Bedürfnis, bei Rose Johnson zu sein, und Rose hatte wieder angefangen, ihr Ratschläge zu geben, aber Rose konnte ihr nicht helfen. Es gab jetzt nichts mehr, was ihr jemand hätte raten können. Die Zeit, als Melanctha noch etwas hätte ändern können mit Jem Richards, war nun für sie wirklich vorbei. Rose wußte das, und Melanctha auch, sie wußte es, und es brachte sie fast um, es glauben zu müssen.

Der einzige Trost, den Melanctha jetzt hatte, war der, Rose zu bedienen, bis sie so müde war, daß sie fast nicht mehr konnte. Immer tat Melanctha alles, was Rose nur wollte. Sam Johnson fing jetzt an, sehr freundlich und ein wenig zärtlich zu Melanctha zu sein. Sie war so gut zu Rose, und Sam war so froh, daß sie da war und Rose half und alles machte und sie tröstete.

Rose machte Schlimmes durch, als sie ihr Kind zur Welt brachte, und Melanctha tat alles, was eine Frau nur tun konnte.

Das Kind, obwohl gesund bei seiner Geburt, lebte nicht lange. Rose Johnson war gleichgültig und nachlässig und egoistisch, und als Melanctha für ein paar Tage fort mußte, starb das Baby. Rose Johnson hatte das Baby durchaus gern gehabt, und vielleicht hatte sie es nur für eine Weile vergessen, jedenfalls war das Kind tot, und Rose und Sam waren sehr betrübt, aber andererseits kamen solche Dinge in der Welt der Schwarzen von Bridgepoint so oft vor, daß keiner von beiden lange darüber nachdachte. Als

Rose wieder zu Kräften gekommen war, ging sie wieder in ihr Haus zurück zu Sam. Und Sam Johnson war jetzt immer sehr nett und freundlich und gut zu Melanctha, die so gut zu Rose gewesen war in ihrer schweren Zeit.

Melanctha Herberts Schwierigkeiten mit Jem Richards wurden nicht mehr kleiner. Jem hatte jetzt immer weniger Zeit, um mit ihr zusammenzusein. Wenn Jem jetzt mit Melanctha zusammen war, war er recht gut zu ihr. Jem Richards war in Sorge wegen seiner Wetten. Noch nie, seitdem Jem Richards angefangen hatte, seinen Lebensunterhalt zu verdienen, hatte er eine so lange Zeit hindurch solche Schwierigkeiten mit seinen Wetten gehabt. Jem Richards war jetzt immer recht gut zu Melanctha, aber er hatte ihr nicht viel Kraft zu geben. Melanctha konnte ihn jetzt nie mehr dazu bringen, mit ihr zu streiten. Melanctha konnte sich jetzt nie mehr darüber beklagen, wie er sie behandelte, denn natürlich, das sagte er ihr immer durch sein Verhalten, natürlich mußte sie wissen, wie ein Mann war, wenn er den Kopf voller Schwierigkeiten hatte und versuchte, seine Verhältnisse etwas zu verbessern.

Manchmal hatten Jem und Melanctha lange Gespräche, bei denen keiner von beiden besonders gern hatte, was der andere sagte, aber jetzt konnte Melanctha Jem Richards meistens nicht dazu bringen, mit ihr zu streiten, und es gab je länger je weniger Gründe für Melanctha, die es gerechtfertigt hätten, ihm die Schuld an dem Kummer zu geben, den sie jetzt immer in sich trug. Jem war gut zu ihr, und sie wußte, denn er sagte es ihr, daß er jetzt die ganze Zeit Schwierigkeiten mit seinen Wetten hatte. Melanctha wußte für sich sehr gut, daß etwas in Jem Richards überhaupt nicht stimmte, aber Melanctha hatte jetzt keine Möglichkeit, wirklich an ihn heranzukommen.

Zwischen Melanctha und Jem Richards wurde jetzt nichts mehr besser. Melanctha hatte jetzt immer mehr das Bedürfnis, bei Rose Johnson zu sein. Rose gefiel es noch immer, wenn Melanctha zu ihr ins Haus kam und alles für sie tat, und Rose gefiel es, mit ihr zu schimpfen und sie zu schelten und Melanctha zu erklären, wie Melanctha es immer machen müsse, um alles zum Besseren zu wenden und nicht immer so oft in Schwierigkeiten zu geraten. Sam Johnson war in dieser Zeit immer sehr gut und freundlich zu Melanctha. Sam tat sie jetzt allmählich sehr leid.

Jem Richards machte die Dinge nicht mehr besser für Melanctha. Oft redete Jem so, als wollte er Melanctha davon überzeugen, daß er sie nicht mehr haben wollte. Dann wurde Melanctha immer ganz traurig, und sie sagte zu Rose, sie

würde sich sicher umbringen, denn das wäre jetzt sicher das Beste, was sie tun könnte.
Rose Johnson sah das nicht im geringsten so. »Ich verstehe nicht Melanctha warum du so redest als würdest du dich umbringen nur weil du traurig bist. Ich würde mich nie umbringen nur weil ich traurig bin. Ich würde vielleicht jemand anderen umbringen, aber ich würde niemals mich selbst umbringen. Wenn ich mich je selbst umbringen sollte, Melanctha dann wäre es ein Versehen, und wenn ich mich je durch ein Versehen umbringen sollte, Melanctha, täte mir das furchtbar leid. Und so solltest du es auch empfinden Melanctha, hörst du, nicht einfach so närrisch daherreden wie du es immer tust. Es ist bestimmt nur deine Art daß du einfach immer so närrisch bist was dir diese Schwierigkeiten macht die du jetzt immer hast, Melanctha, und ich weiß das sicher ganz genau. Du wirst es sicher nie lernen Melanctha trotz allem was ich dir wirklich immer gesagt habe, seit ich dich gut kenne, daß es so wie du es immer machst auf keinen Fall richtig ist so wie du dich immer verhältst und redest, so wie ich dich wirklich immer erlebt habe Melanctha immer. Ich habe sicher recht damit wie du es machen mußt, und ich weiß es; aber du wirst es sicher nie irgendwie lernen dich richtig zu benehmen Melanctha, ich weiß das sicher, ich tue wirklich mein Bestes

Melanctha dir dabei zu helfen nur benimmst du dich wirklich nie richtig Melanctha, nie und keinem gegenüber soweit ich sehen kann. Du benimmst dich mir gegenüber ebensowenig richtig wie allen anderen gegenüber. Ich sage nie etwas zu dir wenn du es tust Melanctha, denn es macht mir sicher kein Vergnügen wenn ich es dir mal sagen muß, aber du hast es mit diesem Jem Richards von dem du immer sagst er wolle dich unbedingt heiraten getan, genauso wie ich immer zu Sam gesagt habe daß du es sicher tun würdest. Und es tut mir wirklich richtig leid für dich Melanctha, aber du hättest wirklich zu mir kommen sollen, als du am Anfang mit ihm verlobt warst damit ich es dir hätte zeigen können, und jetzt hast du dir diese ganzen Schwierigkeiten eingebrockt die du dir immer zuziehst das weiß ich sicher. Es ist sicher nicht so Melanctha daß es mir nicht richtig leid täte wenn ich sehe wie sehr du in Schwierigkeiten steckst, aber ich sehe wirklich auch Melanctha daß es immer alles genauso ist wie es immer in dir steckt nie etwas richtig zu machen. Und jetzt redest du immer so als wolltest du dich umbringen weil du so traurig bist, das ist aber wirklich überhaupt keine Art Melanctha für ein anständiges Mädchen, so etwas zu tun.«

Rose hatte jetzt angefangen, sehr heftig mit Melanctha zu schelten, und sie war sehr oft ungeduldig mit ihr, aber Rose konnte ihr jetzt gar keine Hilfe mehr sein. Melanctha Herbert wußte jetzt nie mehr, wie sie es richtig machen sollte. Melanctha wollte jetzt immer Jem Richards bei sich haben, und er schien sie jetzt gar nicht mehr zu wollen, und was konnte Melanctha da tun. Sicherlich hatte sie jetzt recht, wenn sie sagte, sie würde sich einfach umbringen, denn das sei jetzt noch das einzige, was sie tun könnte.

Sam Johnson wurde jetzt immer freundlicher und sanfter zu Melanctha. Die arme Melanctha, sie war so gut und lieb und tat alles, was die anderen wollten, und Melanctha war immer froh, wenn sie Ruhe und Frieden haben konnte, und immer konnte sie nur neue Gelegenheiten finden, in Bedrängnis zu geraten. Sam sagte das jetzt oft zu Rose von Melanctha.

»Ich will bestimmt nichts Schlechtes über Melanctha sagen Sam, denn sie kommt wirklich immer in die furchtbarsten Schwierigkeiten, aber ich kann auch nicht sagen Sam daß mir die Art besonders gefällt wie Melanctha es immer wieder tun muß. Es ist jetzt wieder genau dasselbe mit ihr wie sie es immer getan hat, so wie es ihr jetzt mit diesem Jem Richards geht. Er will sie jetzt sicher nicht mehr haben aber Melanctha hat einfach nicht die richtige Einstellung. Nein Sam ich mag die Art überhaupt nicht mehr wie

Melanctha sich ihm gegenüber aufführt, und dann Sam, sie ist auch nie wirklich richtig ehrlich, wie sie es sein sollte. Sie sagt wirklich irgendwie einfach nie richtig wie sie damit fertig wird Sam. Ich möchte ihr gar nichts mehr darüber sagen Sam wie sie sich immer verhalten soll. Sie sagt immer, ja in Ordnung Rose, ich mache es so wie du sagst, und dann Sam macht sie es überhaupt nicht so. Sie ist sicher richtig lieb und gut Sam, das ist Melanctha, keiner wird je von mir hören, daß sie nicht immer bereit ist alles für andere zu tun was sie nur kann, nur Sam in mancher Weise benimmt sie sich nie richtig, und in mancher Weise Sam ist sie nie richtig ehrlich dabei. Und Sam manchmal höre ich schlimme Sachen die sie getan hat, ein paar Mädchen wissen von ihr wie sie es tut, und manchmal erzählen sie mir auf welche Arten sie es tut, und Sam mir kommt es wirklich immer mehr so vor, daß ich wirklich furchtbare Angst habe es werde mit Melanctha einmal böse enden. Und dann Sam, manchmal, hörst du, redet sie immer so als ob sie sich umbringen wolle, immer dann wenn sie so traurig ist, und Sam das ist bestimmt nicht das, was ein anständiges Mädchen je tun sollte. Du wirst sehen Sam, wie recht ich habe wie immer, wenn ich es weiß. Sei nur vorsichtig Sam, hör mir jetzt zu, sei wirklich vorsichtig Sam, ich sage es dir,

Melanctha je mehr ich sie sehe desto mehr habe ich wirklich das Gefühl Melanctha ist in keiner Weise richtig ehrlich. Sei vorsichtig jetzt, Sam, wie ich dir sage, denn ich weiß es, hör jetzt auf mich, Sam, was ich dir sage, denn ich habe wirklich immer recht, Sam, wenn ich es weiß.«

Zuerst versuchte Sam ein wenig, Melanctha zu verteidigen, und Sam war immer freundlich und sanft zu ihr, und Sam mochte die Art, wie ruhig Melanctha bei ihm war und ihm zuhörte, als ob sie etwas lernte, wenn sie da war und ihn reden hörte, und dann mochte Sam ihre zärtliche Art, mit der sie immer alles für ihn schön machte; aber Sam mochte nie mit jemandem streiten, und sicherlich wußte Rose am besten über Melanctha Bescheid, und jedenfalls machte Sam sich im Grunde nicht viel aus Melanctha. Das Geheimnisvolle an ihr war nie interessant für ihn gewesen. Sam mochte es, daß sie sanft zu ihm war und daß sie immer alles tat, was Rose von ihr verlangte, aber Melanctha würde nie wichtig für ihn sein. Alles, was Sam wollte, war, ein kleines Haus zu haben und ein geordnetes Leben zu führen und tüchtig zu arbeiten und nach Hause zu kommen zum Abendessen, wenn er müde war von seiner Arbeit, und nach und nach wollte er ein paar Kinder haben, die sein eigen waren, zu denen er gut sein konnte, und so tat Melanctha Sam wirklich leid, sie war so gut und immer so lieb zu ihnen, und Jem Richards war ein schlechter Mann, sich ihr gegenüber so zu verhalten, aber so erging es einem Mädchen, wenn es an so einem Draufgänger Gefallen fand. Jedenfalls war Melanctha Roses Freundin, und Sam wollte keineswegs etwas mit diesen Schwierigkeiten zu tun haben, in die Frauen immer geraten, wenn sie Männer haben wollen, die es nie verstehen, sich gut und zuverlässig ihren Frauen gegenüber zu verhalten.

Und so sagte Sam nie viel zu Rose über Melanctha. Sam war immer sehr freundlich zu ihr, aber jetzt sah er sie immer weniger. Bald kam Melanctha gar nicht mehr zu Rose ins Haus und Sam fragte Rose nie nach ihr.

Melanctha Herbert kam jetzt allmählich immer weniger ins Haus, um bei Rose Johnson zu sein. Das war, weil Rose sie jetzt anscheinend immer weniger haben wollte, und Rose ließ Melanctha jetzt nichts mehr tun. Melanctha war immer demütig ihr gegenüber, und Melanctha wollte immer alles, was sie konnte, für sie tun. Rose sagte nein, sie fand, sie mache das lieber selbst, so wie sie es haben wolle. Es sei wirklich nett von Melanctha, so lange zu bleiben, um ihr zu helfen, aber Rose fand, vielleicht sollte Melanctha jetzt besser nach Hause gehen, Rose brauche jetzt von niemandem Hilfe, sie fühle sich richtig stark, nicht wie damals, als sie gerade den ganzen

Kummer mit dem Baby hatte, und außerdem habe Sam es gern, wenn er zum Abendessen nach Hause komme, wenn Rose allein da sei und ihm sein Essen gebe. Sam sei jetzt immer so müde, wie er es immer im Sommer sei, bei so vielen Leuten immer auf dem Dampfer, und sie machten so viel Arbeit, daß Sam richtig müde sei jetzt, und er wolle nur gern sein Abendbrot essen und keine Leute im Hause haben, die ihn störten.

Jeden Tag behandelte Rose Melanctha mehr so, als ob sie überhaupt nicht mehr wollte, daß Melanctha noch zu ihr ins Haus käme. Melanctha wagte Rose nicht zu fragen, warum sie sich so ihr gegenüber verhielt. Melanctha brauchte es sehr, daß Rose immer da war, um sie zu retten. Melanctha hatte das Bedürfnis, sich an sie zu klammern, und Rose war immer so zuverlässig für sie gewesen. Melanctha wagte Rose nicht zu fragen, ob sie jetzt nicht mehr wollte, daß sie zu ihr käme.

Melanctha erlebte jetzt nie mehr, daß Sam freundlich zu ihr war. Rose schickte Melanctha jetzt immer fort, bevor es Zeit wurde, daß Sam nach Hause kam. Eines Tages war Melanctha ein wenig länger geblieben, denn Rose war an dem Tag so gut gewesen, Melanctha einiges für sie tun zu lassen. Melanctha verließ sie dann, und Melanctha traf Sam Johnson, der eine Minute stehenblieb und freundlich mit ihr sprach.

Am nächsten Tag wollte Rose Johnson Melanctha nicht hereinlassen. Rose stand auf der Treppe, und dort erklärte sie Melanctha, was sie jetzt von ihr dachte.

»Ich finde Melanctha es ist wirklich nicht richtig daß du immer noch so einfach hierherkommst zu mir. Ich möchte dir wirklich in keiner Weise zur Last fallen Melanctha. Ich glaube sicher Melanctha, ich komme jetzt besser zurecht, wenn ich nicht immer jemanden wie dich zum Helfen hier habe, und Sam dem geht es jetzt so gut bei seiner Arbeit, der zahlt etwas für ein kleines Mädchen, das jeden Tag kommt und mir hilft. Ich glaube wirklich Melanctha ich will nie mehr daß du noch einmal einfach so hierherkommst zu mir.« »Warum Rose, was ich dir auch getan haben mag, ich glaube wirklich nicht, daß es recht von dir ist Rose, wenn du jetzt so schlecht zu mir bist.« »Ich glaube wirklich nicht Melanctha Herbert daß du irgendein Recht dazu hast dich je darüber zu beklagen wie ich zu dir gewesen bin. Ich glaube wirklich nicht Melanctha Herbert, hörst du, daß ein Mensch je mehr Geduld mit dir hatte, als ich sie hatte, dich gern zu haben, nur Melanctha, ich höre jetzt immer mehr Schlechtes über dich, jeder erzählt mir immer, wie du es immer so heftig getrieben hast, und ich war immer so gut zu dir, und du konntest nicht einmal ehrlich zu mir sein. Nein

Melanctha es liegt mir fern, dir nicht zu wünschen, daß du glücklich wirst, und ich würde mich wirklich freuen Melanctha, wenn du eines Tages lernen würdest, dich so zu verhalten, wie es für ein Mädchen richtig und anständig ist, aber solche Sachen mag ich überhaupt nicht, wie sie jetzt alle über dich erzählen. Nein Melanctha, ich kann dir nie mehr vertrauen. Es tut mir wirklich leid, dich nie mehr zu sehen, aber es gibt keine andere Möglichkeit, wie ich mich sonst dir gegenüber verhalten könnte. Das ist alles, was ich dir jetzt noch zu sagen habe, Melanctha.« »Aber, Rose, wirklich; ich weiß wirklich nicht, sowenig wie die Toten, was ich getan habe, daß du so zu mir bist. Irgendwelche Leute sagen dir irgend etwas Schlechtes über mich, Rose, das ist einfach ein Lügenpack, wirklich Rose, ich sage dir die Wahrheit. Ich habe wirklich nie etwas getan, worüber ich mich hätte schämen müssen, es dir zu erzählen. Warum behandelst du mich so schlecht Rose? Sam der denkt doch sicher nicht wie du, und dann Rose, ich tue immer alles, was ich kann, für dich, alles was du von mir verlangst.« »Es hat gar keinen Zweck, dazustehen und zu reden, Melanctha Herbert. Ich kann es dir nur so sagen, und Sam, der weiß gar nichts von Frauen, wie sie sein können. Es tut mir wirklich sehr leid Melanctha, daß ich jetzt so zu dir sein muß, aber ich kann wirklich nicht anders, wenn du so viel Schlechtes tust und alle so über dich reden. Es nützt dir nichts, dazustehen und es mir anders zu erzählen Melanctha. Ich habe sicher immer recht mit dir Melanctha Herbert, sicher wie immer, wenn ich es weiß. Nein Melanctha, es ist einfach so, daß du überhaupt keinen Sinn dafür hast, dich richtig zu benehmen, wie es sich für ein anständiges Mädchen gehört, und ich habe mein Bestes getan, es dir immer wieder zu sagen Melanctha Herbert, aber es tut nie gut, jemandem zu sagen, wie er sich richtig benehmen soll; man lernt es sicher nie, wenn man nicht den richtigen Sinn dafür hat, und du hast nie den richtigen Sinn dafür Melanctha, ehrlich zu sein, und ich wünsche dir bestimmt nichts Böses Melanctha Herbert, ich will dich nur nie wieder hier sehen. Ich sage dir jetzt nur, was ich dir immer gesagt habe, du weißt überhaupt nicht, wie ein anständiges Mädchen sich benehmen muß, und deshalb Melanctha Herbert, ich und Sam, wir wollen nie mehr, daß du deinen Fuß in mein Haus hier setzt Melanctha Herbert, das sage ich dir nur. Und so geh jetzt, Melanctha Herbert, hörst du, und ich wünsche dir bestimmt nichts Böses.«

Rose Johnson ging in ihr Haus und schloß die Tür hinter sich. Melanctha stand wie betäubt, sie wußte nicht, wie sie diesen Schlag, der sie fast umbrachte, aushalten sollte. Langsam ging Melanctha dann fort, ohne sich auch nur umzudrehen und zurückzusehen.

Melanctha Herbert war im Innern ganz verwundet und verletzt. Melanctha hatte Rose immer gebraucht, damit sie ihr glaubte, Melanctha brauchte Rose immer, um sich an sie klammern zu können, Melanctha hatte jemanden bitter nötig, der sie immer in ihrem Innern ein wenig sicher machen konnte, und jetzt hatte Rose sie weggeschickt. Melanctha brauchte Rose mehr, als sie alle anderen je gebraucht hatte. Rose erschien ihr immer so einfach, zuverlässig, anständig. Und jetzt hatte Rose sie weggejagt. Melanctha war verloren, und die ganze Welt drehte sich um sie in einem irren taumelnden Tanz.

Melanctha Herbert hatte allein gar nicht die Kraft, sich im Innern sicher zu fühlen. Und jetzt hatte Rose Johnson sie weggejagt, und Melanctha konnte nie mehr bei ihr sein. Melanctha Herbert wußte jetzt, tief innen, daß sie verloren war und nichts ihr mehr helfen konnte.

Melanctha machte sich an diesem Abend auf, um Jem Richards zu treffen, der versprochen hatte, an ihrem alten Ort zu sein. Jem Richards war ihr gegenüber wie abwesend. Nach und nach fing er an, mit ihr über die Reise zu sprechen, die er bald unternehmen wollte, um zu sehen, ob er etwas von seinem Glück bei seinen Wetten zurückholen könnte. Melanctha zitterte, wollte Jem sie jetzt auch verlassen. Jem Richards sprach dann noch weiter mit ihr über das Pech, das er jetzt immer hatte, und wie nötig er es hatte, fortzugehen, um zu sehen, ob er es noch zum Besseren wenden könnte.

Dann hielt Jem inne, und dann sah er Melanctha gerade ins Gesicht.

»Sag mir ehrlich und aufrichtig, Melanctha, es liegt dir doch jetzt wirklich nichts mehr an mir, Melanctha«, sagte er zu ihr.

»Warum fragst du mich das, Jem Richards?« sagte Melanctha.

»Warum ich dich das frage, allmächtiger Gott, weil du mir jetzt scheißegal bist, Melanctha. Das ist der Grund, warum ich frage.«

Darauf konnte Melanctha niemals antworten. Jem Richards wartete, und dann ging er fort und ließ sie zurück.

Melanctha Herbert sah Jem Richards nie wieder. Melanctha sah Rose Johnson nie wieder, und es war schwer für Melanctha, sie nie mehr wiederzusehen. Rose Johnson hatte es bei Melanctha dazu gebracht, sie in all ihren Gefühlen am tiefsten zu berühren.

»Nein, ich sehe Melanctha Herbert jetzt gar nicht mehr«, sagte Rose zu jedem, der sie nach Melanctha fragte. »Nein, Melanctha kommt jetzt nie mehr hierher, nachdem wir diesen ganzen Ärger mit ihr hatten, weil sie sich so schlecht aufgeführt hat mit diesen Männern, mit denen sie so gern zusammen war. Es wird einmal böse enden mit ihr, mit dieser Melanctha Herbert, und ich und Sam wollen sie nicht mehr sehen. Sie machte es nie richtig, so wie ich es ihr immer gesagt habe. Melanctha wollte einfach nicht, und ich sagte es ihr immer, wenn sie nicht mehr auf sich achtgebe, so wie sie sich immer verhalten müßte, dann wollte ich nicht mehr, daß sie noch hier zu mir in mein Haus käme. Ich habe gar nichts gegen ein Mädchen, das es darauf anlegt, das Leben nach seinem Geschmack zu genießen, aber nicht so, wie Melanctha es immer gemacht hat. Ich warte nur darauf, daß Melanctha sich eines Tages umbringt, wenn sie sich weiter so schlecht benimmt, wie sie es immer tut, und dann wird sie auch immer so furchtbar traurig. Melanctha sagt immer, das wäre das Leichteste für sie, was sie sich denken könnte. Nein es tut mir immer richtig leid um Melanctha, sie war nämlich nie nur so eine gewöhnliche Niggerin, aber sie hat gar keine Ahnung, wenn ich es ihr auch die ganze Zeit immer wieder gesagt habe, nein, sie konnte einfach nicht lernen, wie sie es richtig machen sollte. Ich möchte wirklich nicht, daß Melanctha mal etwas Schlimmes zustößt, aber ich glaube bestimmt, daß sie sich irgendwann zumindest umbringen wird, so wie sie immer sagt, daß es für sie leicht wäre. Ich habe noch nie jemanden gesehen, der so furchtbar traurig sein konnte.«

Aber Melanctha Herbert brachte sich nie wirklich um, weil sie so traurig war, obwohl sie oft dachte, das wäre wirklich das Beste für sie, was sie tun könnte. Melanctha brachte sich nie um, sie bekam nur ein schlimmes Fieber und ging ins Krankenhaus, wo man gut für sie sorgte und sie heilte.

Als Melanctha wieder gesund war, nahm sie eine Stelle an und begann zu arbeiten und ein geordnetes Leben zu führen. Dann wurde Melanctha wieder krank, sie fing an zu husten und zu schwitzen und wurde so schwach, daß sie ihre Arbeit nicht mehr tun konnte.

Melanctha ging in das Krankenhaus zurück, und dort sagte ihr der Arzt, sie habe die Schwindsucht und würde sicher bald sterben. Man schickte sie dahin, wo man sich um sie kümmern konnte, in ein Heim für arme Schwindsüchtige, und da blieb Melanctha, bis sie starb.

Editorische Notiz

Melanctha ist die zweite der drei Erzählungen aus dem Band *Three Lives* von Gertrude Stein. 1909 bei Grafton Press, New York, erschienen, gelten diese Erzählungen heute als der Beginn der modernen amerikanischen Literatur. Cesare Pavese schrieb in seinem Vorwort zu der italienischen Übersetzung: »*Three Lives* ist ohne Zweifel ein stilistisches Meisterwerk, eines jener exemplarischen Werke, mit denen die künstlerische Laufbahn eines Menschen beginnt.«

Three Lives erschien 1960 im Arche Verlag, Zürich, in der Übersetzung von Marlis Pörtner u. d. T. *Drei Leben*, 1968 als Neuausgabe in der Übersetzung von Brigitte Gerlinghoff. Die bereits in den frühen Erzählungen Gertrude Steins erkennbare besondere Art der Interpunktion wurde nach Möglichkeit beibehalten.

Die vorliegende Einzelausgabe erscheint in der Reihe *Noah's Bibliothek*.

Das Einbandfoto *Young Couple, ca. 1930* von Doris Ullmann wurde dem Ausstellungskatalog *1920 Amerika Fotografie 1940* von Erika Billeter (Kunsthaus Zürich/Benteli Verlag, Bern 1979) entnommen.

Biographische Notiz

Gertrude Stein, geboren 1874 in Alleghany, Pennsylvania. Studierte 1893–1900 in Baltimore Philosophie bei William James, brach ihr anschließendes Medizin- und Psychologiestudium ab und ging nach Europa. Siedelte 1903 nach Paris über, wo die »Mutter und Muse der Avantgarde« mit wenigen Unterbrechungen bis zu ihrem Tod, 1946, lebte. Im Arche Verlag sind Übersetzungen folgender Werke erschienen: *Autobiographie von Alice B. Toklas* (1959), *Drei Leben* (1960), *Die gute Anna* (1996), *keine keiner* (1985), *Picasso* (1958), *Portraits und Stücke I und II* (1986, 1987), *Spinnwebzeit* (1993), *Was ist englische Literatur* (1965) und *Was sind Meisterwerke* (1962). Außerdem erschien 1989 der Bildband *Gertrude Stein. Ein Leben in Bildern und Texten*, hg. von Renate Stendhal.

Liebe Leserin, lieber Leser,

eine neue Reihe im Arche Verlag, Zürich-Hamburg, stellt sich vor:

Noah's Bibliothek

Bücher …
… die Geschichten von besonderen Menschen erzählen, von ihrem Leben und Leiden, von Hoffnung und Enttäuschung, von Zufällen und Unfällen, von ihren Fragen und Antworten,
… die aus der Arche und anderen Schatzkammern der Literatur stammen und
… die gut lesbar, typographisch schön gestaltet und fadengeheftet sind.

Wir wünschen Ihnen eine gute Lektüre.
Ihr Arche Verlag

Weitere Informationen über das Arche-Verlagsprogramm erhalten Sie bei:
Arche Verlag AG
Hölderlinstr. 14 8032 Zürich oder
Arche Verlag GmbH
Barmbeker Str. 9a 22303 Hamburg

Noah's Bibliothek

Gertrude Stein
Die gute Anna
Erzählung
124 Seiten. Gebunden
Fadengeheftet

Die gute Anna: Das ist die Lebensgeschichte des deutschen Dienstmädchens Anna im amerikanischen Bridgepoint um die Jahrhundertwende. Eine frühe Meistererzählung von Gertrude Stein. Die erste Erzählung aus dem berühmten Band ›Three Lives‹ (›Drei Leben‹).

Noah's Bibliothek

Roswitha Quadflieg
Der Tod meines Bruders
Die subjektive Wahrnehmung
einer Familie
Ein Bericht
125 Seiten. Gebunden
Fadengeheftet

Abschied und Annäherung an das Leben und Sterben. Der bewegende Bericht einer Schwester über den Tod des Bruders. Ein Buch für alle, die Ähnliches erfahren haben.

Noah's Bibliothek

Michel del Castillo
Tanguy
Elegie der Nacht
Roman
368 Seiten. Gebunden
Fadengeheftet

»Alles hatte mit einem Kanonenschuß begonnen. Es war Krieg in Spanien ...«
Michel del Castillos berühmter Roman über die leidvolle Odyssee des von seiner Mutter verlassenen Jungen Tanguy durch das Europa des Krieges in einer vom Autor überarbeiteten Neuausgabe.